촛불

개 정 판

촛불 개정판

발행일	2020년 2월 14일

지은이	장우연		
펴낸이	손형국		
펴낸곳	(주)북랩		
편집인	선일영	편집	강대건, 최예은, 최승헌, 김경무, 이예지
디자인	이현수, 한수희, 김민하, 김윤주, 허지혜	제작	박기성, 황동현, 구성우, 장홍석
마케팅	김회란, 박진관, 조하라, 장은별		
출판등록	2004. 12. 1(제2012-000051호)		
주소	서울특별시 금천구 가산디지털 1로 168, 우림라이온스밸리 B동 B113~114호, C동 B101호		
홈페이지	www.book.co.kr		
전화번호	(02)2026-5777	팩스	(02)2026-5747

ISBN	979-11-6539-082-2 03810 (종이책)		979-11-6539-083-9 05810 (전자책)

(주)북랩 성공출판의 파트너

북랩 홈페이지와 패밀리 사이트에서 다양한 출판 솔루션을 만나 보세요!

홈페이지 book.co.kr • **블로그** blog.naver.com/essaybook • **출판문의** book@book.co.kr

장우연 소설

촛불

개 정 판

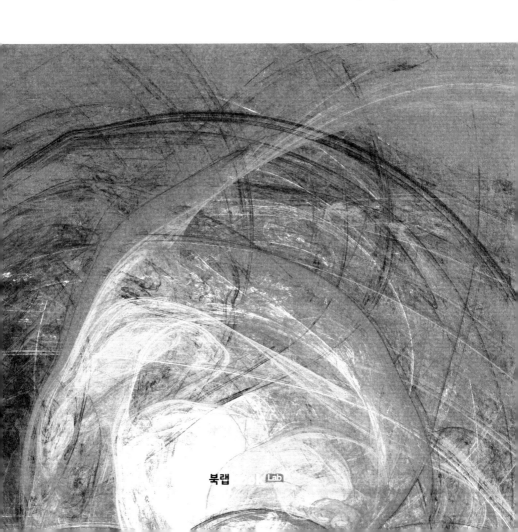

북랩 Lab

작가의 말

1

이 소설은 이 땅의 불구인들이 딛고 선 자리가 얼마나 척박한 것인지 고발하는 한편, 그들이 끝내 일어서기 위해 발버둥 치는 치열한 삶의 모습과 그들이 진정 꿈꾸는 세상이 무엇인지 가르쳐 주며 손으로 만지듯 생생하게 그려내고 있다.

2

어두컴컴한 골방에서 적힌 불구인의 성과 사랑 이야기.
몸을 맘껏 움직이기조차 힘든 불구로 힘겹게 하루하루

를 살아가는 주인공은 가족과 친구의 냉대. 유일하게 위안을 구하던 교회에 회의를 느끼며 슬퍼한다. 성년이 되어 이성에 눈을 뜨지만, 그에게 흔쾌히 손을 내미는 여성은 없는 것 같다. 그렇지는 않다. 그는 어느새 상상 속의 여인을 만들고 어느 날부터는 일기를 써 놓고 술집 여인인 정희와 긴 대화에 나선다.

여기 나오는 여러 인물은 모두 실재인물이다. 무엇보다 중요한 건 애란과 정희 두 사람으로 압축되는데, 두 사람이 실재인물임을 다시 한번 명시해 둔다. 두 사람의 출연이 현 시대와 너무 잘 맞물려 있고, 이를 반영해 주고 있기 때문이다. 그뿐만 아니라 배경이라든지 사건 등 모두가 하나같이 실재임은 두말할 나위가 없다.

그러나 그럴 가능성이 거의 없어 보인다 하더라도, 미적인 감각이 아주 소진된 것은 아니다. 그만큼 촛불이 주는 이미지는 생각보다 크다 할 것이다.

그럼에도 잘 믿어지지 않는 현세적 삶이 가끔 꿈을 꾸게 만든다고 지은이(주인공)는 쓰고 있다.

모두가 맡은 바 역할을 다 하고 있다. 우선 두 사람의 성격적 특징이 뚜렷하게 나타나 있다. 그러므로 어느 소설의 인물들보다 활약이 생생하고 리얼하다. 그만큼 구성이나 내용에 있어 사회에 미치는 영향이 크다 할 것이다.

따라서 지은이(주인공)의 자세가 시냇물이 일정한 방향으로 흐르듯 흐트러짐이 없고, 주제 의식 또한 명백하다.

교회와 술집을 배경으로 하고 있기에…. 교회와 술집의 대조가 독자의 눈길을 이끌며 애란과 정희가 독자를 흥미롭게 한다.

아, 참! 내가 친구를 소개하지 않았군요.

친구의 이름이 뭐냐고요? 이승연····.

내가 당신보다 더 훌륭한 인간이라고 생각하지 마십시오.

나는 지금 당장이라도 진실한 것을 말하고 싶습니다.

그런 까닭으로 이 책이 당신의 친구가 되어 주었으면 하고 원합니다.

필경 나는 당신보다 월등한 인간은 아닙니다.

승연이는 언제나 나와 같이 했습니다.

내가 고향을 그리워할 때도.

영화 구경을 갔을 때도.

무서운 꿈을 꿀 때도.

시를 짓고 노래를 부를 때도.

괴로워하거나 슬퍼할 때도.

수십 년이란 세월이 흐른 후,

옛날 추억을 떠올릴 때도.

1.
힘들었던
학교 시절

　창밖이 어른거린다. 바람에 나뭇잎이 한 잎 두 잎 떨어진다.

　나는 미닫이 현관문을 밀치고 바깥에 나가 서성거린다. 낙서는 밤에만 해야 하는 것인가. 마당에 떨어진 나뭇잎을 하나 주워 손바닥에 얹어 놓는다.

　나는 일기를 쓰듯 나뭇잎에 꾀 여러 글자를 휘갈거 본다. 무슨 사념에 잠겨 -

　다시 현관문을 열고 방에 들어와 일기를 쓴다.

　학교 기숙사에 가기 위해 식구들이 고생했던 일을 생각하면 지금도 눈물이 맺힌다. 학교 기숙사는 언덕 맨 꼭대기에 새장처럼 걸려 있다.

가파른 언덕길. 여름 한철에는 '펑펑' 쏟아지는 뜨거운 햇살에 가로수 숲이 숨을 헐떡이며 서 있다. 어느 추운 겨울의 일요일 밤. 시퍼런 달빛이 흰 이빨을 드러내 놓고 어둠을 날려 보낸 채 소리친다.

어쩌다 사람이 나타나기라도 하면 혹시 귀신이 아닌가 하고 무서워 소름이 끼친다.

길 양옆의 가로수 숲이 기절하고 몸을 움츠린다. 잎새를 다 떨어뜨리고.

어디서 짐승 소리가 들린다.

여우가 나타날 것 같기도 하고, 흰옷을 입고 백발의 긴 머리를 한 귀신이 나타날 것 같기도 하다. 나는 불구인용 차량에 몸을 싣고 뒤에서는 아버지와 어머니, 동생이 매달려 끌어올리고 있다.

아직 목적지까지 이르기에는 저만치 멀다.

식구들은 추운 겨울인데도 온몸에 땀을 쏟고 있다.

언덕을 거의 다 올라왔을 즈음. 아버지가 언덕길 옆에서 눈이 채 녹지도 않았는데 쓰러져 사지를 쭉 뻗고 드러누워 꼼짝도 하지 않는다.

2.
학교 동창인 애란을
예배당에서 만나다

시골집으로 다시 와 보니 착잡한 생각이 들었다. 창민이와 또다시 마주쳐 바둑을 두기도 하고 마을 어른과 어울려 바둑을 두기도 했다.

승부에만 집착하지 않고 바둑돌 하나하나를 번갈아 놓으면서 신중한 자세로 바둑을 두는 모습은 멋있고 보기에도 좋았다.

나는 권투나 스포츠 경기에 관심이 많았는데, 그러한 일이 나와 아무런 관계가 없다는 사실을 깨닫고 새로운 삶을 모색해 나가려고 했다.

예배당에 나가기 시작한 뒤부터 무슨 일이든지 열심히

하고, 기도하면서 살겠다는 생각을 하게 됐다. 그리고 그걸 여러 번 사람들한테 이야기한 적이 있었다. 나는 승연이 곁에 바짝 다가갔다.

세상 죄에 물들지 않고, 세상 정욕을 따르지 말아야겠다고 생각했다.

언제라도 자기가 예배당에 나간다면 어느 여인이든지 나타날 것만 같았다. 정신적으로 결함이 있는 여인이 아니라 자기의 배필이 될 여인이 나타나리라고 은연중에 기대하고 있었다. 물론 승연이도 그런 나를 그렇게 반대하지는 않을 것이다.

어느 날 신이 내게 다가왔다. 무한한 기쁨과 감격을 안겨다 준 신에게 너무 큰 기대를 걸고 있는 건 아닐까 싶어 공연히 마음이 약해져 비굴한 생각을 할 때가 있었다.

어릴 적부터 나무지팡이(목발)를 짚고 조금씩은 걸었지만, 나이 스물이 넘어서자 많이 걸어본 덕분에 활발하게 움직이고 맘껏 다닐 수 있었다.

'좋은 옷으로 갈아입고, 성경과 찬송가를 넣은 가방을 들고 예배당에 나가면 사람들이 얼마나 부러워할까! 그리고 예전부터 같은 마을에 살아서 좀 아는 사이인 장로님이 얼

마나 반가워할까!'

나는 그런 생각을 하면서 착실한 신자가 되려고 했다.

목사님의 설교를 열심히 듣고 찬송가가 울려 퍼질 때면 기쁨을 억누를 수 없었다.

한 주도 빠지지 않고 일요일이면 교회로 나가 다른 사람들이 하는 대로 기도했다.

그러던 어느 날 밤. 예배를 마치고 교회의 계단을 내려오기 위해 벽에 기대어 주변을 한 번 살피고 있을 때 한 젊은 여인이 예배당 안을 들어가려다 발길을 멈칫하고 나를 유심히 지켜보고 있는 게 아닌가.

그리고 또 얼마의 세월이 흘렀다. 어느 날 낮예배를 마치고 예배당 한구석에 앉아있을 때 얼마 전 밤에 보았던 그 여인이 그냥 지나쳐 버리려다 나에게 가까이 다가왔다.

그녀는 내 얼굴을 잠시 들여다보더니 중앙초등학교 나오지 않았느냐고 물었다.

나는 그녀를 금방 알아볼 수 없었다. 하지만 눈에 띄는 내 모습을 기억하고 어느 정도 내 정체를 짐작하고 물었을 거란 생각이 들었다. 당시에 나는 자전거를 타거나 나무지팡이를 짚고 학교를 다녔기 때문이다.

나는 고개를 끄덕이며 답해 주었다.

그녀는 '1회', 집게손가락으로 다시 한번 확인하고 있었다.

우리 두 사람은 서로 다정하게 웃어 보였다.

그녀가 저쯤 가버렸을 때는 예배당에 사람이 별로 없었다.

'예배당에 오니 좋은 여자를 다 보게 되는군.'

그런 생각을 하니 마음이 흡족했다. 더욱이 같은 학교의 여학생이었던 동창을 예배당에서 만날 수 있었다는 게 나에게는 큰 자랑이었다.

집에 들어와 앨범을 뒤져서 그녀가 애란이임이 틀림없다는 사실을 확인했다.

초등학교 때는 어렴풋이 떠오르지만, 중학교 앨범에서 지금처럼 안경을 끼고 있음을 확인했다. 그녀가 소녀 때 급성장했으므로 알아볼 수 없었던 게지. 초등학교 때나 중학교 때도 미모가 뛰어나거나 남학생들의 주목을 받을 만큼 인기 있는 소녀는 아니었기 때문이다.

그녀는 내가 무슨 말을 건네도 쉽게 받아줄 것만 같았다.

'말은 처음 건네봤지만, 좀 멀기는 해도 십여 년 전부터

한마을에 살고 있었는데.'

그런 걸 떠올리니 하루빨리 친숙해지고 싶었다.

어쩌면 자기가 바라고 염두에 두었던 여인상을 바로 예배당에서 만나게 된 건 아닌지.

우선 생각나는 것이 있었다. 그동안 써 두었던 일기장이다.

어설픈 사연만 써 둔 일기장을 보여주는 게 아니라, 이성을 올바로 바라보고 새로운 다짐을 담은 일기장을 한 여인에게 보여주는 시간이 마침내 찾아왔다고 생각했다.

가족이나 아버지의 케케묵은 낡은 방식의 가르침이 잘못되었음은 노트가 다 불탄 것으로 증명되어 이제 더 의심할 여지가 없다. 물론 승연이가 도와주어 큰 힘이 되어준 건 부인할 수 없었다.

독실한 신자인 성스러운 여인에게 잘 보이는 그 일은, 모든 것이 순조롭게 잘 진행될 것만 같았다.

'만약에 그런 일기장을 애란이 본다면 얼마나 대견하게 생각할까!'

그런 걸 머릿속에 떠올리니 기쁨을 억누르다 못해 나의 심장의 피가 터질 것만 같았다.

그녀가 바로 나의 둘도 없는 여자가 되어줄 것이다.

애란의 풍만한 가슴이 -

3.
어느 날 시계방에 나가면서부터
걷잡을 수 없는 혼란이
일어나기 시작하다

　『보람 있는 그날까지』라는 책의 첫 장에 실린 그분의 초상화를 보고-내가 한 열 살쯤 되었을 때, 그분은 코가 높은 편이었으며 왠지 모르게 위엄이 있어 보였다- 열 살 정도밖에 안 되는 아이가 무엇을 알았겠는가. 아무것도 모르는 철부지 아이가 그분의 초상화를 들여다보며 하도 신기하게 여겨 코를 자꾸 만지던 일이 지금도 생각난다.

　어릴 적부터 사십 대 초반에 이르기까지, 작가가 되겠다는 생각은 별로 하지 않았다. 초등학교 다닐 적에는 그림도 제법 잘 그리고 예술에 대한 재능이 있었는데도.

그분을 생각하면서(책이 머릿속을 떠나지 않아) 일기를 쓰던 일이 지금도 생생하다.

사색에 잠겨 깊어가는 조용한 밤, 매스컴에서 흘러나오는 명언들을 빼놓지 않고 듣던….

그런데 왜 어느 날부터 작가가 되겠다는 생각을 하게 됐는지…. 여자를 생각하면 분통이 터질 일이지만-좀 따분하기는 해도- 여자와 함께 하면서도 실제로 자신이 돋보일지도 모를 일이기 때문에….

그렇다고 여자를 낮고 천하게 본 건 아니다. 그런 나와 달리 사회는 남녀평등을 소홀히 하는 것 같은 경향이 있어 오히려 불만족스럽다는 생각을 할 때가 있다. 남존여비(男尊女卑)가 아니라 오히려 그 반대되는 길로 가고 있다는 체험을 나는 가끔 하는 경우가 있다.

일기장을 애란이에게 보여주어야 할 특권이 내게 주어진 건 아니지만, 그럴만한 이유가 있었다. 이미 말한 명저…. 그리고 나의 평생 친구가 되어준 승연이….

몇날 며칠을 집에서 애란을 생각하다가 할 수 없이 예배당에 나가보았다. 어느 때와는 달리 애란이 눈에 띄지 않았다.

진정한 마음으로 애란을 대할 수 있든 없든, 애란이 다니는 가장 가까운 거리의 예배당으로 나가지 않으면 안 되는 자기의 운명을 탓하기보다 하루빨리 친해지고 싶은 마음이 앞섰다.

만약 이제부터라도 신앙생활을 저버린다면 다시 깊은 절망에 빠지게 될 것이다.

애란이 눈에 띄지 않는 건 신앙을 저버린 것이나 다름없음이라.

나로 인해 애란이 주일학교를 지키지 않는다면… 하는 걱정을 하기에 앞서 한 통의 편지를 애란에게 쓰고 있었다. 한 삼 년쯤 후에 결혼하자는 내용의 편지를 썼다. 여자의 마음이 설레는 편지를 써 놓고 의젓해 보였다.

그런 편지를 배짱 좋게 써서, (나이가 어려 그런 점도 있겠지만 친구인 승연이를 너무 믿고 있는 건 아닌지)장로님의 큰아들인 우영이에게 부탁하여 애란이한테 좀 전해 달라고 했다.

애란은 그런 편지를 받아보고 주일학교를 지키기 위해 일찍 예배당에 나와 있었다.

토끼 새끼처럼 아이들이 그녀를 둘러싸고 있는데, 나는 사방을 두리번거리다가 우연히 애란이와 눈을 마주쳤다.

애란은 꿈만 같은 현실이 믿어지지 않았던지 부끄러운 내색을 감추지 못하다가 얼른 자리를 떠 다른 데로 가버렸다.

언제 보아도 애란은 어른스러웠다. 하지만 내 안에서는 애란에 대한 욕정이 점점 자라가고 있었다. 보여준 일기장을 이제는 돌려달라고 예배당 주변을 마음대로 휘젓고 다닌다든지.

그래도 신앙생활을 하기는 해야 했기에, 마음에도 없는 여인이 구차하게 나타나 귀찮다는 뜻의 장난은 다시는 하지 말아야겠다고 다짐했다.

저녁예배 시간에도 예배당에 나가 열심히 기도했다.

'하느님 부디 애란을 진정한 마음으로 생각할 수 있는 믿음이 생겨나게 하십시오.'

나는 다시 마음을 가다듬고 신앙생활을 하려고 했다.

장로님의 말씀대로 한 주도 빠지지 않고 주일학교에 나갔다.

우선 한 여인을 만나게 된 것을 다행으로 생각하고, 다른 사람들처럼 열심히 일해야겠다고 생각했다. 그런데 무슨 이유로 어린이들을 위해 헌신하겠다는 생각은 하지 않고 있는지 알 수 없다. 자초해서 부정한 방법으로 엇나가려고 했던 이유는 지금도 모른다.

　그때, 신앙생활보다 더 중대한 일이 목전에 와 있다는 걸 나는 알고 있었을까?

　서울에 잠시 머무르고 있을 때부터 계획을 세워두었던 것은 시계 기술을 연마하는 일이었다. 하루빨리 기술을 배워 삶의 기반을 세워야 애란을 나의 것으로 만들 수 있을 것이라는 생각을 하고 있었던 것 같다.

　집안 식구를 전부 신자로 만드는 일은 어려운 일이기에, 자기만이라도 열성적으로 하느님을 섬기며 살고 싶었을 것이다.

　나는 시간이 흐르면 흐를수록 가족과 나의 사이가 점점 멀어지고 있는 것을 느낄 때가 있다. 그래서 가끔 집을 떠나고 싶은 충동에 사로잡히곤 했다. 성적으로 부패하지 않은 도회지로 이사를 가 애란이하고 살고 싶었는지도 모른다. 지금 당장은 부모님에게 신세를 지고 있지만, 애란이하고 결혼하여 따로 떨어져 나가 살아보겠다는 생각을 했다. 그리고 그게 그렇게 잘못된 생각은 아니라 여겼다.

　'만약 그렇게만 될 수 있다면 부모님도 나도 서로가 좋을 텐데.'라는 생각은 이미 오래전부터 해왔다.

하지만 형님은 나의 뜻을 잘 받아들이지 않고, 부모님은 숫제 그런 일에 대해서는 남 보듯 하고, 내 육신은 생각한 대로 움직이질 않으니 참으로 불행한 일이 아닐 수 없다.

그럴 때마다 더 탈선 행위를 하려는 것처럼 느껴질 뿐이다.

제 주변을 돌볼 줄 모르고 조금도 관심이 없는 자처럼 느껴지지만, 아버지와 형님의 권위주의에 눌려 어떻게 할 수 없는 신세를 생각하면, 그렇게 탓할 일도 못 된다.

그러나 세상살이 경험이 없었던 나는 기술을 배우기 위해 어느 금은 시계방 주인을 찾았을 때부터 뜻하지 않은 일을 맞이하게 된다.

시계 기술 계통에 대해서는 조금도 알지 못했고, 또 알 수도 없었던 나와 나의 아버지는 금옥당 시계방 주인의 손아귀에서 놀아나야만 했다.

'아버지는 왜 좀 더 깊은 생각을 하지 못했을까. 성급한 마음으로 이미 적잖은 액수의 금전을 선불로 치렀으니…'

이젠 어쩔 수 없이 일터로 나가 기술을 배우지 않으면 안 되는 신세가 되었다.

"그 사람도 너처럼 다리가 성치 못하나 기술을 배워 좋은 마누라를 뒀으니, 너도 기술만 배우면 그처럼 좋은 여자를 아내로 맞아 남부럽지 않게 잘 살 수 있을 게 아니냐. 너도 그 사람처럼 사는 걸 내가 보고 죽을 수 있을지!"

아버지의 그런 말에 나는 반문도 한 번 할 수 없어 그저 목석 같이 듣고만 있을 뿐이다.

'차라리 멀찌감치 학교 근처나 주변에 만화 가게라도 하나 차려주면 일평생 감사하는 마음으로 행복한 삶을 살 수 있을 텐데. 모든 걸 아버지의 생각대로만 하려고 하니…'

불구라고 그 사람과 꼭 같은 인생을 살아야만 하는 것인가. 같은 불구이긴 하지만, 사람은 다르지 않느냐고.

'나 같은 자식을 언제부터 그렇게 끔찍이 생각했다고… 그래도 좋은 여자 만나 사는 건 보고 싶은가 봐요. 모든 일 다 아버지 뜻대로 하시면 될 게 아니요. 시계방도 아버지가 하시면 될 게 아니요.'

그런 아이디어를 생각해내고 발언할 수 있을 정도였다면, 나는 분명 현명한 사람이었을 것이다. 아니, 아버지가 금전을 선불로 지불하기 전에 아버지의 그런 뜻을 과감히 물리칠 수 있었다면 나는 홍길동과 같은 초인이었을 것이다.

한 달이 지나고, 두 달이 지나고 해가 바뀌어도 기술에는 별다른 진전이 없었다.

열심히 기술을 연마해 보려고 특별한 각오로 나오기는 하지만, 세월이 흐르면 흐를수록 마음은 점점 더 조급해져 일이 손에 잡히지 않았다.

아버지가 맨 처음 기술 가르쳐 주는 대가로 금전을 지불할 때 철석 같이 약속했던 대로 일이 진행되지 않고 엉뚱한 길로 빠져들어 가고 있었다. 어머니는 일을 포기하라고 권유했지만, 미리 준 금전은 그렇다손 치더라도 많은 시간을 허비한 것을 생각하니 쉽게 단념할 수도 없었다.

양심 불량한 그 사람은 우선 인간성부터 개조해야 된다는 등의 어설픈 얘기만 하고, 사회 경험이 없다, 머리가 둔하다, 손놀림이 둔하다 등의 어림도 없는 이유를 내세워 사기 친 자신의 행적을 은폐하려고 했다.

"내가 그때 금전이 필요했지. 이젠 금전 보따리를 안겨준다 해도 안 할 게다."

금옥당 시계방 주인은 꼬라지답지 않게 변명을 하기에 급급했다. 훗날 '왜 그런 양심 불량하고 이기적인 사람한테 섣불리 선불을 치렀나. 그건 그렇다손 치더라도 왜 끝까지 기술을 배우겠다고 이끌려 다녔는지 모르겠다!'라는 생각이 뼈에 사무쳐 와 죽고 싶은 심정이었다. 처음부터 선택하지 말았어야 할 자기의 직업 문제를 생각하니 절벽에라도 떨어져 죽고만 싶었다. 긴 한숨만이 터져 나왔다.

나보다 몇 달 먼저 기술을 배우기 시작한 정군은 이미 기술이 완숙한 경지에 이르러 있었지만, 나는 청승맞게 뒷전에 앉아 불필요한 잡담만 듣고 있었다. 승연이는 하느님이 나를 진정 사랑하신다면 왜 이런 고통을 주는지 알 수 없다고 했다. 왜 항변도 한 번 안 하는 거냐고도 했다.

그들은 항시 자리에 모여 앉으면 남녀의 생식기능이라든지 창녀 얘기 외에는 아무것도 모르는 자들이었다. 나는 기술을 배우러 온 사람한테 기술은 가르쳐주지 않고 한쪽 구석에 몰아넣은 채 잡다한 얘기만 한다는 사실에 분노를 억누르고 있었다. 그러나 나는 그런 사람들의 행위에 맞장구를 치는 척이라도 해야 했으며, 그들이 농담을 했을 때 바보처럼 웃어 보여야만 했다.

그런 상황에서 세월은 자꾸 흘러가고 있었다. 배움의 문턱에 서지 못한 사람들이라고 통탄하는 사람과 사회 경험이 없다는 이유를 내세워 고립시키려고 하는 무리 간에 서로 엇갈린 감정이 대립하기 시작했다.

금옥당 시계방 주인은 어떻게 하면 기술을 빨리 배울 수 있다고 말로만 떠들어댔다. 그리고는 기술을 배우기 위한 것이 아니라 인간성의 이질적인 문제를 놓고, 그것을 해결해 보겠다는 이유를 내세워 끝까지 사람을 천치바보로 몰고 가려 했다.

'금옥당 시계방 주인의 그러한 행위가 정당하다면 받았던 금전을 되돌려주어야 마땅치 않았을까? 그 사람은 대체 무슨 배짱이란 말인가. 뻔뻔한 새끼. 불쌍해서 때릴 수도 없고…. 어쩌다 저런 새끼를 만나 내 신세가 이 모양 이 꼴이 됐단 말인가.'

나는 세상을 저주할 뿐이다.

건성으로나마 여름에는 뙤약볕에 땀을 '뻘뻘' 흘리며 힘든 걸음을 옮겨 일터로 나가야만 했고, 아버지의 윽박과 설움을 참아야만 했다. 그들은 언제 대밭촌에 가 성관계를 했느냐고 히죽거리면서 웃기도 하고 지랄발광을 떨기도 했다.

나는 저질인 놈들의 손아귀에서 맘껏 놀아났고, 그럴 때마다 애란이 생각이 났다. 그러나 점점 더 초조해지고 있는 나는 애란을 생각하고 있는 게 아니라, 애란으로 하여금 경

악을 금치 못하게 행동하고 있다는 사실을 까맣게 잊고 있
었다.

4.
비애로운 생각은
꼬리에 꼬리를 물고

　주어진 일이 여의치 않아 탈선행위를 하는 것처럼 느껴졌다.

　억압된 끝에 사무쳐 오는 한맺힘의 포로가 되어 허우적거리지만, 이해해주고 구출해주려는 사람은 노신사뿐이다.

　생각을 하지 않으려고 하면 할수록 애란에 대한 욕정은 불길같이 솟고 있었다.

　'무슨 수단과 방법을 써서라도 애란이란 년과 결혼하고 말 테니, 그때까지 참고 견뎌야지.'

　나는 한동안 눈을 내리깔고 얼굴을 푹 수그리고 침묵을 지켰다.

그러던 중 정군이 나의 집 가게에 시계방을 차렸다. 이웃 사람들은 시계를 고치기 위해 몰려들었으며, 정군은 자기의 세계가 찾아온 양 점잖게 앉아 기사의 면모를 보여주었다.

나는 낮에는 정군 옆에서 하는 일을 들여다보기도 하고 열성을 내보였다. 처음 시작한 일이라 어수선한 분위기 속에서 괜히 기분이 들떠 돌아치지만, 실상은 여전히 허수아비 노릇을 하고 있는 것이다. 이 현실의 굴레를 차 버리고 어디론지 가버리고 싶지만, 그런 일이 허용되지 않는 이상 짐승 같은 삶은 면치 못할 것이다.

숨이 턱하고 막힐 지경이다.

'이 일만큼은 그만두고 어디론가 떠난다면, 무슨 일이든지 할 수 있지 않을까?'

누가 나를 비웃어도 알뜰한 삶을 살기 위해 몸부림치고 있었다. 그런 나의 생각이나 행위야말로 내가 할 수 있는 최선의 방법인 것이다.

그럼에도 애란에 대해서는 왜 그렇게 부정적인 견해만 갖고 있는지 알 수 없다. 맨 처음 애란을 만났을 적보다, 세월이 흘러가면 갈수록 그녀에게 점점 더 강한 음욕을 품어가고 있었다.

한두 차례 창녀와 성관계를 맺은 후, 애란과 정식으로 결혼할 때까지 성적인 감정을 억제하면서 수음을 하는 일 등은 하지 말아야겠다고 몸조심해오던 터였다. 그러던 어느 날, 방안에 누워 애란을 생각하다 자기도 모르는 새 수음을 하기에 이르렀다.

그런 일이 나에게는 충격적이었다. '기왕 그렇게 된 바에야 결혼을 -' 하고 무슨 결판이라도 내릴 듯이 조급하게 굴어댔다. 그녀와 외딴곳으로 가 성적으로 만족을 누리고 싶었다.

아무튼 스스로 잘못된 길로 빠져들고 있다고 단정해 버리는 편이 낫지 않을까?

승연이에게 미안한 생각이 들었다.

금옥당 주인은 사람 차별을 곧잘 했다.

누구는 머리가 크고 또 누구는 어떻다는 등…. 그래서인지 애란에 대해 더 비애로운 생각을 하게 되는지도 모른다.

세상에서 가장 가까운 사람에게도 비밀은 숨겨두어야 하는데, 수음을 한 이후 그녀에게 접근하기 위해서라도 여유만만하고 자신감 있는 태도를 취해야 했다.

하루는 애란에게 편지를 쓰기 위해 나는 퍽 어색한 행동을 취하고 있었다.

자기의 할 일을 하면 그뿐이겠지만, 사람들은 타인의 티만 지적하려고 한다면서 훗날 두고두고 되씹고 있었다.

양심 불량하고 쌍놈의 행세를 서슴없이 하고. 그러고도 배짱 더부룩한 정군은 애란에게 쓰고 있는 편지를 강탈해 갔다. 일도 제대로 배울 수 없는 상황에서 그런 짓밖에 -

나는 그 순간 정군을 향해 끓어오르는 증오와 분노를 꿀꺽 삼켜버려야 했다.

나는 보지 말고 그냥 돌려달라고 사정했다. 그러나 정군은 그런 일에는 조금도 아랑곳하지 않았고 - 그때 나의 집에서 그를 몰아내고 삶을 새로 세워 나갔어야 했다.

정군은 편지를 다 읽고 기분이 흡족했던지, 여유를 보이기 위해 쓸쓸하고 회의적인 웃음을 짓더니 넌지시 편지를 되돌려주었다.

올바른 삶을 살아보려고 안간힘을 다 쏟고 있지만 모두가 허사였다.

결코 그런 일만이 전부는 아닌데도 피할 수 없었던 나의 운명!

그런 일이 있고 얼마의 세월이 흘렀다. 여행 갔다던 애란이 다시 돌아왔음을 확인하고 나는 다행이라고 생각했다. 속으로는 좋으면서 여유를 보이기 위해 또 장난을 하고 있었다.

애란은 예배당 맨 뒷자리인 장로님의 책상에 앉아 있었다.

나는 늘 한 자리를 정해 놓고 예배를 보았다. 말도 한 마디 해주지 않고 어디 갔다 왔느냐고 물어보려다 그녀가 있는 자리를 비켜 소스라치게 놀라는 흉내를 내면서 저만치 달아나고 있었다. 그때 나는 아주 불쾌한 시선을 던지고는 월경 중에 있는 더러운 계집이 한동안 보이지 않다가 왜 다시 나타나 예배당 안을 더럽히냐는 인상을 고의적으로 보여주었다.

나의 주변에서 무슨 예기치 않은 일이 일어나고 있음을 그녀는 알아차리고 피아노 앞에서 무서운 눈초리로 보고 있었다.

경건한 마음으로 예배를 보기 위해 교회를 가는 게 아니고, 자기에게 욕정을 갖고 뒤를 쫓아가고 있다는 사실을 이미 그녀는 눈치채고 있었다.

'친구!'

나는 친구란 말을 몹시 불쾌하고 유치하게 받아들였다.

예배당을 고작 사람이나 사귀는 단순한 곳으로 오인하고 싶지 않다는 생각에서였다.

진정으로 예배당이 성스러운 곳이라면 진실로 아름다운 결혼이 이루어질 것을 의심할 필요가 없을 것이기 때문이다.

다만 애란이 지나칠 즈음, 자기의 일기장과 또 한 번 써 둔 편지를 전해주는 일만이 전부인지 모른다. 정군이 뺏어본 편지 때문에 또 그런 행동을 하려고 한다.

오전 예배를 마친 뒤 애란의 모습이 보이고, 얼마쯤 있다가 노 여인의 모습이 나타났다.

나는 점점 더 신이 나서 돌아쳤다.

'저이가 바로 내 장모 될 사람이고, 애란은 바로 내 아내인걸.'

무의식중에 그런 생각을 하니 자기의 우월함 같은 걸 과시하고 싶었는지도 모른다.

승연이가 나를 지켜봐 주고 있는데 두려워할 일이 뭐가 있겠느냐는 듯이.

나는 묵묵히 있다가 그녀가 저쯤에서 가까이 다가오자

거북하고 수상한 걸음으로 다가가 그녀가 가는 길을 막았다. 신체적인 열등감을 느끼면 느낄수록 그녀에 대한 열정은 쉽게 가라앉지 않을 것 같았다. 어떻게 할 줄 몰라 쩔쩔매고 있다가 목구멍에서는 가는 모기소리 같은 소리가 새어 나왔다.

얼굴이 새빨개진 애란이 빠른 걸음으로 저만치 달아나고 있었다.

'멀리서 노 여인이 그런 모습을 지켜보고 있었을까?'

그런 생각은 조금도 염두에 두지 않고 점점 더 발걸음이 빨라지는 그녀의 모습에만 시선을 집중시킬 뿐이다.

"잠시 거기에 좀 서 있어요! 할 얘기가 있으니!" 하고 외치고는 곧 가게로 들어왔다.

얼마쯤 있다니 가게 바깥에서 누가 찾는 소리가 들렸다.

나는 누구인지 금방 알아차릴 수 있었다. 좀 자신이 없다는 그런 생각이 들었지만, 그래도 자기를 찾아준 애란을 생각하니 기뻤다.

애란은 얼른 문을 열고 안으로 들어왔다. 그리고는 "우리 친구예요!" 하고 화사한 웃음을 날렸다.

나는 정군이 있는 의자 뒤에서 쭈그리고 앉아 있다가 반가이 그녀를 맞이했다.

"자리 좀 비워주시겠어요?"

애란은 정군에게 예의를 표시하고 잠시 자리를 양보해줄 걸 묻고 있었다. 나는 "자리가 좀 좋지는 않지만 소파에 앉아요!" 하고 권했다.

애란은 좀 부드러워진 나를 보고 고맙다는 표시를 했다. 그리고 사양하지 않고 자리에 앉았다.

"아까는 정말 미안했어요!"

그녀는 다정하게 속삭이듯 말했다.

그녀는 물끄러미 자기를 바라보고 있는 나를 향해 "나의 친구는 참으로 떳떳하고 대견해요! 좋은 남자 친구를 만나게 되어 영광으로 생각하고 있어요!"라고 했다. 나는 정말 뜻밖이라고 생각을 하고 있는 듯한 그녀를 응시하고 있었다.

그녀는 말없이 묵묵히 앉아있는 나를 향해 몸을 돌려 일어나더니 "할 말이 있으면 해요!" 했다. 그러더니 곧 입을 열어 "이런 얘기하면 감정 나겠지만!"이라고도 했다.

사실을 숨기고 싶다는 듯 말하려는 척했다. 그래도 나의 마음을 안정시켜 주려고 노력하고 있었다.

"말 안 하는 편이 더 나아!"

그녀는 슬픈 어조로 말을 이어나가려는 듯했다.

나는 식구들에 대해 물어보기도 하고 집에서 뭘 하고 있느냐고 물어보기도 했다.

그녀는 아버지는 돌아가시고 언니 둘과 동생이 있는데 집에서 대장 노릇 한다고 했다.

그녀는 나에게 익살맞은 얘기를 하면서 '세상에서 네가 제일 가까운 사이'라는 것을 입증해 주려고 했다.

단절하고 싶은 생각은 없고, 거리를 좀 두고 사귀어보자는 의도를 나타내려고 애쓰는 눈초리다. 교회에서 만난 우리가 결합하기를 간절히 바라고 있지만, 언젠가 예배당 안에서 있었던 나의 희한한 행위를 생각하고 슬퍼하고 있었다. 결혼하자는 편지를 여러 차례 써 놓고 왜 자기를 보면 놀라는 기색을 하면서 저만치 달아나 버렸느냐고, 아무리 생각해도 이해를 못하겠다는 표시를 했다. 몸짓과 표정으로 그때의 일을 상기시켜 주려고 노력하고 있는데도 여자의 얼굴만 멍하니 처다보고 있으니.

잠시 침묵이 흘렀다. 나의 행동이 다시 괴팍스러워질 것 같은 생각이 들어 일단은 마음을 진정시켜 주려고 애쓰는 것 같은 눈치였다. 그녀는 어린아이를 대하듯 입을 약간 벌려 놀라는 흉내를 내보였지만, 나는 어서 비밀을 털어놓고 다 얘기를 해보라는 듯이 재촉하고 나섰다.

그녀는 등살에 못 이겨 실제 없는 말을 지어냈다. 그녀는 "약혼자가 있어!" 하고는 문을 열고 바깥으로 나갔다. 그녀의 말이 떨어지기 무섭게 나는 눈을 휘둥그레뜨고 음성을 높였다.

나는 "가지 말아…." 하고 애원하듯 말했다.

그녀가 바깥으로 나아가 문을 닫으면서 또 한 번 "미안해요." 했다. 그녀는 나의 행동 하나하나에 민감한 반응을 보이며 최선을 다할 뿐이었다.

5.
성적으로 타락한
세상에서

꼭 시계방을 가야만 하는 이유도 없는데, 가기 싫은 데를 억지로 가야만 하는 것이다.

승연이는 왜 나의 그런 문제를 해결해 주지 못하고 있는 걸까.

나는 예배당에 나간 지 6개월쯤 되었을 때 세례를 받았다.

세례를 받고 그리스도의 피로 구원받은 자기가 성적으로 타락해서는 안 된다고 믿고 있는 것일까?

나는 숫처녀처럼 유별나게 자기의 몸에서 일어나는 생리적인 변화에 대해 관심을 갖는 이유를 잘 모르고 있다. 창녀와 성적인 관계를 가진 후에도 별다른 양심의 가책을 느끼지 않고 열성적으로 예배당을 찾아갔으니.

왜 가끔 예수님의 피를 생각하는지 알 수 없다.

신학에 대한 전문적인 지식이나 성서적으로 이렇다 할 것도 없지만, 나름대로 생각해 보건대 창녀와의 성적인 관련이 예수님의 피와 어떤 관계가 있을 거라고 생각하고 있는 듯하다.

하느님을 닮았다고 하는 승연이와는 거리가 먼 이야기이다.

다만 순간순간 성적인 즐거움과 만족을 얻고, 그것으로 충분하다면 더 할 얘기가 없을 것이다.

하지만 어린아이처럼 일기를 쓰거나 철없는 장난은 하지 않았다.

어디까지나 성자다움을 그대로 유지하고 싶었고, 사람들한테 여유를 보이기도 했다.

사람들은 흔히 성적인 일에 대해 무감각한 사람들을 일컬어 병신이라는 둥 배짱 좋은 얘기를 하곤 하지만, 그런 사람들에 대해 생각해 본 적은 별로 없었다.

세월이 흐르고 또 흘러갔지만 기술의 진전은 거의 없었다.

그들은 사람의 약점을 찾기 위해 수단과 방법을 가리지 않았다. 태연해야만 하는 나는 심한 심리적 동요를 일으키기도 했지만, 일단 속으로만 증오심을 쌓아가고 있었다.

대수로운 일도 아닌 것을 갖고 사람들은 왜 그리 아우성인지. 금시에 굶어 죽기라도 하는 것처럼. 조금이나마 앞을 내다보고 미래를 설계하고 준비하는 여유를 보일 수도 있을 텐데.

나는 일찍이 천직에 대해 깊게 생각해본 적은 없으나, 무슨 일이든지 한 번쯤은 해보고 경험을 얻는 일이 중요하다고 생각한 적은 있었다.

몹쓸 놈의 인간들 손아귀에서 놀아날 바엔 차라리 죽어 버리는 게 나을지도 모를 일인데 목숨이라도 부지하고 있으니 사는 거라고.

나는 성서에 나오는 '소돔과 고모라'의 도성이 성적으로 부패했을 때 하느님이 그 땅에 재앙을 내린 사실을 기억했다. 그렇지만 이 일은 승연이와는 무관한 일이다.

자기의 적성에 맞지 않는 일(직업)을 선택해 놓고 자기가 하고자 하는 행위가 타당한가 부당한가에 대해 생각해 보았다(더욱이 일이 적성에 맞지 않으니, 그런 길로 빠질 가능성이 많다는 의미). 창녀와 몇 번 성적인 관계를 가졌든 가지지 않았든 생각해 볼 여지가 없는 것이다.

그러나 애란과의 결혼이 빗나가지 않고 성립될 수 있는 길이 있다면 최선을 다해 보아야겠다고 생각했다.

시간이 흘러갈수록 더 열성적으로 예배당에 나가 충성을 나타내는 척했다.

주님을 위해서라면 무슨 일이라도 하겠다고 생각하고 있는 걸까?

아무튼 창녀와 열 번을 했던, 스무 번을 했던, 백 번을 했던 타락하지는 않을 것이다.

나는 기다림 속에서 온전히 기쁨을 찾으려고 했다.

언젠가부터 그녀가 예배당에 나오지 않았다. 들리는 소문에는 휴양을 갔다고 하던데….

나는 애란이 아주 멀리, 영영 떠나지는 않았을 거라는 막연한 생각을 하면서 빨리 돌아오기만을 기다렸다.

그러던 어느 날, 장로가 노 여인에게 '따님이 어디로 가 아직 돌아오지 않고 있느냐.'고 묻고 있는 걸 보았다.

그 노 여인이 집사직을 맡고 있었다. 사랑이 많고 누구에게든지 사랑의 손길을 펴 그리스도 예수를 증거하는 독실한 신자였는데, 그분이 애란의 어머니일 거라는 나의 추측이 맞았다. 그분은 특히 몸이 성치 않은 자에게 관심을 나타냈으며 눈물겨울 정도로 인정미가 많은 분이었다.

나는 그 노 여인을 대할 때마다 이 땅에도 평화가 온 것 같은 느낌이 들었고, 신앙생활을 더 열성적으로 해보려는 마음이 내 안에서 생겨났다.

노 여인은 열성적으로 예배당에 나오는 나에게 아낌없는 격려를 해주었으며, 어머니도 같이 나오면 더 좋을 거 같다고 늘 얘기하곤 했다. 어쩌다 나의 집을 찾아왔을 때도 마루에 걸터앉아 기도해준 고마운 분이시다.

내가 교회로 나가고 있는 그 시점에서 한 십여 년 전인 초등학교 다닐 적에 처마 밑에서 놀고 있는 나를 발견하고 사랑의 손길로 어루만져주던 일이 어렴풋이 떠올랐다. 또 조그마했던 애란이가 무슨 얘기를 하면서 집 앞을 지나가던 일을 어렴풋이 떠올렸다. 그러던 때로부터 십여 년 이상이란 세월이 흘러갔으니.

'이제 애란과 나는 어른이 되었고 앞으로 몇 해 후면 결혼할 텐데.' 하고 생각하니 벌써부터 기쁨을 억누를 수 없었다.

방 안에 누워 천장을 쳐다보니 애란이 머릿속을 떠나지 않았다.

생리적으로 일어나는 자연적인 성적 충동을 억제하면서 장차 애란과 자기 사이에서 태어날 아기를 상상해 보기도 했다.

그러나 애란이 휴양 갔다가 온 이후, 나의 알 수 없는 행위에 반감을 갖고 있었다.

장로를 찾아갔을 때 그녀와의 사이가 어떠하다는 것이 드러났지만, 아무런 일도 없었다는 듯 그저 태연하게 세월을 보내고 있었다.

6.
일기장을 보았다고
거짓말을 하는
정군이 미워

꿈 일기를 기록하기 위해 꿈을 꾼다.

애란이 가고 정군은 "야-!" 하고 놀라기도 하고 "나 같은 사람도 교회로 나가면 저런 여자를 만날 수 있을까?" 하고 물어보기도 한다.

나는 그렇게 말하는 정군의 말을 받아, "모든 게 다 팔자 소관이 아니겠니?" 했다. 그리고 계속 말을 이어나가 마지막으로는 "교회를 나가든 말든 여자를 사귀든 말든… 그게 나하고 무슨 상관이냐?" 하고 반문했다

하느님이 그때까지 써둔 일기장을 애란이에게 맡겨둘 수

있는 자격을 나에게 주었을 거라고 쉽게 단정하는 것이다. 애란은 예나 다름없이 나에게 애틋한 마음을 지니고 있었다. 나의 신앙생활을 위해서라면 무슨 일이든지 -

어느 날 예배당에서 애란이 나에게 가까이 다가와 무슨 얘기를 하려고 했지만, 나는 멀리 갔다가 다시 돌아온 그녀를 또 한 차례 언짢은 시선으로 바라보면서 쓸데없이 사람을 괴롭혔다.

어느 날 애란이 장로 댁을 찾아가, "장로님 어떡하면 좋겠어요. 이렇게 죽자살자 편지만 써 보내니…"라고 한 모양이다. 어머니는 약간 울먹이듯 힘겨운 목소리로, "네가 쓴 편지를 보여주면서 딱한 심정을 좀 이해해 달라는 식으로 말했다고 하더구나." 하면서 애석한 표정을 지으며 말하고 있었다.

어머니는 계속 장로의 애달픔을 상기하면서 말을 이어나갔다.

"그건 너희들이 알아서 할 일이지. 배필이 되려면 하늘도 부모도 말릴 수 없는데, 난들 그런 문제를 어떡하란 말이냐!"

"허허 참, 그게 사실이었군요! 전에요! 얼마 전에!"

나는 별로 심각한 일이 아니라는 듯 어머니의 말을 듣고 있다가 마침 말문을 열었다.

"그래요, 언젠가 그랬군요. 장로란 사람이 예배당에서 저를 주시하면서 지금은 무슨 일을 하고 있느냐고 묻더군요. 맞아요. 바로 그때 애란이란 년이 제 편지를 갖고 장로를 찾아갔던 거래요. 그때 저를 주시하고 있기에 기분이 좀…. 모든 걸 나는 다 잊고 있었던 거래요. 난 아무것도…."

한 일주일쯤 지났다. 언제 그런 일이 있었는데, 또 중간에 띄엄띄엄 끊어먹고 꿈을 꾸다니. 머리가 지끈지끈 아프다. 나는 머리를 흔들어 정신을 차리느라 애를 먹고 있었다. 다시 방바닥에 쓰러져 잠을 재촉했다.

내가 예배당에 갔다가 올 때마다 정군은 일기장을 봤다고 거짓말을 한다.

"일기장 어느 한 부분만 보았다."라고 해도 마음 약한 나는 쉽게 흔들렸다. 정군이 "그런 건 누구나 쓸 수 있는데." 하고 빈정대는 것이다. 그럴 때마다 왠지 모르게 일기장에 손이 자꾸 갔다.

필요 없는 말은 그만두고 꼭 써야 할 말만을 골라 썼더라면. 그다음 깨끗한 종이에 또렷한 글씨로 썼더라면. 어떤 식으로 유혹해 와도 괜찮았을 텐데.

끝내, 운명의 신은 또 한 번 나의 손이 범죄의 길로 빠져들게 했다.

나는 궤짝 안에 넣어둔 일기장을 꺼내 들었다.

참으로 위험천만한 일이 아닐 수 없다. 두렵고 손은 떨렸다.

"정군이란 놈은 인물이 번지르르한 쌍놈이거든. 사람 알기를 뭐로 알고. 이젠 제 세상인 양 돌아치는 것을 보면 아이참, 기가 차서! 이젠 어떡하려고 남의 일기장까지 봤다고 거짓말을…!"

나는 참다못해 다른 생각을 떠올리고 있었다.

"애란이하고 멀리멀리 떠나갈 것이다. 정처 없이… 애란이가 가는 데로 무한정 따라갈 뿐이야…"

나는 너절하게 그런 말을 길게 늘어놓은 채 서울행 열차를 타기 위해 역에 나가 열차를 기다리고 있었다. 노 여인이 저쯤에서 다가오고 있었다. 언제 보아도 인자한 모습 그대로. 그날따라 더 그렇게 느껴졌다.

노 여인이 가까이 다가와 약간 놀라는 표정을 지으며 어

디로 가느냐고 묻자 나는 경기도에 있는 누님 집에 간다고
했다.

노 여인은 홀몸으로 먼 길을 왕래하면서 고무줄을 팔러
다녔고, 아이들을 먹여 살리느라 애를 쓰고 있는 것 같았다.

나는 늘 그 여인이 열성적인 신자임과 동시에 무슨 일에
서나 열성을 나타내는 모범적인 여인이라고 생각해왔다. 그
분은 항상 열성적으로 교회에 나가고 있는 나에게 아낌없
는 격려와 찬사를 보내주었다.

열차 시간이 될 때까지 노 여인은 집에서 약을 먹고 있느
냐고 물어보기도 하고, 장차 몸이 좋아질 가능성은 없느냐
고 물어보기도 한다.

"하느님께 매달릴 수밖에 없지…."

노 여인은 불치병은 의술로도 고치기 어렵다는 말을 듣
고 슬퍼하고 있었다.

두 사람은 열차가 올 때까지 이야기를 주고받다가 열차
가 정차하자 함께 탔다.

열차에 올라 저만치 떨어져 가고 있는데 서로 시선이 마
주쳤다.

나는 댁의 따님과 무슨 약속이 있어 정처 없이 어디로 가

고 있다는 뜻을 보이려고 노력하기도 하고, 어린아이처럼 어리광을 부리려고도 했다.

노 여인은 고개를 끄덕여 보이면서 답례했다.

청량리역에 도착한 나는 일부러 고달픈 척하면서 한탄해 보기도 했다.

'이제 여기서 그만 죽었으면 좋겠다…'

나는 바닥에 주저앉아 보기도 하고 의자에 걸터앉아 번 잡한 거리를 바라보기도 했다.

이른 여름 밤잠을 거기서.

나는 잠을 자면서 연신 잠꼬대를 하고 있었다.

'오늘 밤은… 오늘 밤은…. - 눕혀 놓고 온몸을 쓰다듬고 주무르면서. 밤새도록 즐기는 거야.'

'처녀가 남자를 끼고 머나먼 길을 가는 것처럼 소문이 나게 했으니…'

애란의 집과 자기의 집에서 무슨 일이 일어났을까 하고 상상해 보기도 했다.

선미네 엄마가 무슨 일인지 알아보기 위해 - 신중한 표정을 지으며, 한 걸음 한 걸음 발길을 옮겼다. 그래도 애란의 집은 쉽게 찾을 수 있었다. 달도 별도 없는 어두컴컴한 밤

서성거리고 있는데, 마침 애란의 큰 언니가 바깥에 나와 선미네 엄마가 예의를 차리듯 목소리를 가다듬고 말문을 열었다.

"우리 집 총각하고 댁의 동생이 바람이 나 어디를 함께 갔나 봐요. 다리도 성치 않은 총각이 죽을힘을 다해 따라갔다는군요…."

애란의 큰 언니가 약간 근심스러운 표정을 지으며 "우리 애란이는 그런 어리석은 일은 하지 않아요. 머리가 영리하고 사리 판단이 정확하거든요?" 했다.

애란의 엄마가 말문을 열었다.

"그 총각은 나하고 열차를 타고 같이 갔어요. 세상에 별일이 다… 대체 누가 그런 헛소문을…."

그러더니 애란의 엄마가 다시 무슨 깊은 시름에 잠겨 있다가 말문을 열었다.

"자식의 속은 알 수 없어! 아, 아니, 어쩌면…." 하더니 금시에 눈물이 글썽글썽해졌다.

선미네 엄마가 이상하다는 듯이 고개를 갸웃하더니 다시 말문을 열었다.

"그럼, 어떻게 된 심사인가요. 우리 집 총각이 거짓말을 한 것도 아니고요…. 아, 아니… 그럼…. 참, 우리 집 정군이란 총각이 장난을 한 게 틀림없어요."

잠시 침묵이 흐르고.

"그럴지도 몰라요. 그럼 그렇지. 제 언니가 울산에 있는데, 갔다가 할머니 생신날 보내고 온다고 하고 갔거든요?"

정군으로 하여금 그런 거짓말을 하도록 유도해 애란의 식구들한테 욕을 먹게 하려고. 그리 헛소문을 내고 집을 나간 것이다.

내 어머니가 근심을 하고 있는데, "아마 나 때문에 간 것 같아요." 하고 정군이 입을 열었다. 나는 밤낮으로 노 여인과 애란만을 생각했다. 무슨 질투심에서 그러고 있는지 모른다.

내가 좋아하는 섹스를…. 애란은 -

꿈은 아직 끝나지 않았다.

지금부터 시작이야. 길고 긴 꿈 이야기는 -

7.
애란을 두고
정군의 유혹에 말려든 후
앙갚음을 하려다 실패한 나는

꿈을 꾼다.

애란의 언니가 그날 밤 하도 황당한 말만을 늘어놓더라면서 입을 약간 크게 벌리고 놀라는 기색을 했다. 동생인 본인의 말을 들어보니 아무런 관계가 아니더라고 하면서 들먹였다.

나는 무슨 열등감에 사로잡혀, 기가 죽지 않기 위해 애란의 큰언니에게 정색하며 말했다.

"두 사람은 진실한 사이래요. 서울 가면서 같이 간다고 헛소문을 낸 건 부모님 걱정을 덜어드리려고 그랬던 거고.

정군이 무슨 말을 어떤 식으로 했는지 모르겠소."

나는 발뺌이라도 하듯 냉정을 잃지 않고 말했다.

애란이 나타나 잠시 나의 표정을 살피다가 "내가 언제 너하고 진실하게 지냈어."라고 하자, 나는 어깨가 으쓱해 애란의 언니와 화난 애란의 얼굴을 살피며 "뭐? 나 혼자만의 생각이라고?" 하면서 이미 뒤숭숭하게 된 사태를 바로 잡아보려고 애썼다.

그러자 애란은 제 언니의 손목을 잡아당기면서, "더 얘기할 것도 없어!" 하면서 집으로 데리고 가려고 했다.

처녀의 행위가 약간 거세진 걸 바라보고 있던 주위 사람들은 흉을 보고 있었다.

"쌍놈의 새끼! 귀싸대기를! 사람을 매장시켜도! 정도가 있지!"

애란은 그렇게 차가운 말을 던져놓고 집으로 갔다.

정군이 편지를 강탈해 간 것에 대한, 그리고 일기장을 보았다고 거짓말을 한 것에 대한 앙갚음을 했다고 스스로 자부하고 있었는데, "대체 무슨 놈의 팔자가 이 지경이람." 나는 그리 신세 타령을 하면서 정군 때문에 자기의 집에까지 그런 재앙이 찾아왔음을 한탄했다.

그렇지만 벌어먹고살겠다는 사람을 그런 이유로 자기 집에서 나가게 하는 일은 그렇게 쉽지 않았다.

　나는 정군이 성에 대해 무질서하고 저속한 사람이라고 차별을 하고 있지만, 과연 하느님이 보실 적에 누가 옳고 그른지. 의로운 내가 재앙을 받아야 하는 이유가 뭔가.

　속으로 앙심을 잔뜩 품고 벼르고만 있던 정군이 "이제 그 일은 끝났잖아!" 하면서 자기 일인 양 화를 버럭 내고 나의 말문을 꽉 막아버리려고 했다.

　그래도 나는 고집을 굽히려고 하지 않았다.

　'누가 뭐래도 처음 애란과 약속했던 결혼을 성취시키려면-'이라고 생각하면서 그동안 써두었던 일기장을 다시 꺼내 들었다. 나는 이를 비장의 무기라고 생각하고 있었던 것이다. 다시 용기를 내어 일기장을 가슴팍 옷 속에 넣고 어두운 밤길을 헤매고 나섰다.

　나는 그 집 안까지 들어갈까 망설이다가 약간 겁이 났던지 발길을 돌려 집에 왔다.

　'하룻밤을 보내고 내일 날이 밝으면 다시 가자!'

　마음속에 벼르고 있던 일을 실천에 옮겨야겠다고 결심했다.

나는 옷을 단정하게 잘 입고 그녀의 집을 향해 갔다.

예배시간이 끝나고 신자들이 저마다 자기 집으로 돌아가는 시간이 가까워 오고 있었다.

나는 마당에서 뒹굴다가 일어나 정신을 가다듬어 보기도 하고 점잖은 척 앉아 바라보기도 했다.

오전이 지나고 점심때가 가까워 오자 사람들이 멀리서부터 가까이 다가왔다. 게다가 여자의 목소리가 점점 더 분명하고 크게 들려오는 게 아닌가.

먼지가 없는 뒷길로 다니던 그녀가 뒷문까지 이르러 발걸음을 멈추었다.

애란은 매서운 눈으로 나를 향해 쏘아보고 있었다.

나는 왠지 모르게 약간 겁이 나서 정신 나간 사람처럼 멍하니 애란을 바라보았다.

"저런 쌍놈의 새끼!"

그녀는 매정하게 나를 향해 욕설을 퍼부었다.

세상에서 가장 많이 믿었던 여자한테 말할 수 없는 수모를 당한 것이다.

나는 아주 정신이 나가버렸다. 마음은 더 다급해지고.

"에이 씨발!"

그녀는 땅바닥에 침을 탁 뱉으면서 부엌으로 들어갔다.

나는 애란의 집 부엌에서 좀 떨어진 마루턱에 걸터앉아, "내 옆에 좀 와. 얘기를 하자!" 하면서 그녀를 향해 애걸하듯 말했다.

나는 같은 학교를 다녔고 하느님이 정군보다는 내게 더 큰 축복을 주었을 거라고 떠들어댔다. 나는 "내가 널 너무 괴롭혔는가 보다! 하지만 앞으로는 조금도…." 오해를 풀라는 듯 다급하게 말했다.

"야-! 내가 언제 너 때문에 괴로워했냐!" 하고는 손찌검을 하면서 "동창이 너 하나뿐이냐? 하느님이 결혼하라고 하디? 경찰서로 따라와!" 했다

나는 무슨 큰 죄나 지은 것처럼 "애란이!" 하면서 정신없이 따라가고 있었고, 요망한 애란의 작은 언니란 년이 빠른 걸음으로 쫓아가고 있었다. 대낮에 창피한 것도 모르고 연속으로 애란의 이름을 부르면서 젊은 년들의 발걸음을 쫓아가느라고 애를 썼다.

'경찰서는 무슨 경찰서! 사람을 가둬두라고 우리 부모님한테 고해바치려고….'

나는 혼자 중얼거리면서 우리 집에 갔을 거라고 생각했다.

내가 헐레벌떡 숨을 가쁘게 몰아쉬며 우리 집에 이르렀을 때, 두 년이 마루에 걸터앉아 내 어머니와 무슨 얘기를 하는 듯했다. "저런 바보 같은 게… 무슨 오해를 하고 있어!" 나는 어머니한테 고해바치기라도 하듯 중얼댔다.

"며칠 전 가게로 찾아와 '충실해 볼게.' 해놓고. 이제 돌연히… 무슨 맘이 저렇게 변해. 세상이 말세이기 때문에 헛소문이 난 것도 모르고 저렇게…" 하면서 종교적인 푸념을 늘어놓기 시작했다.

"아이참, 충실! 저 사람도 있었어요."

애란은 기가 차 말이 안 나온다는 식으로 변명이라도 하는 듯했다. 언젠가 예배당에서 눈과 눈이 마주쳤을 때 부끄러워하던 때를 상기시키고 웃고 있는 애란을 향해 "야! 이제 웃는다!" 하면서 손뼉을 치고 있는 것이다.

언젠가 때가 되면 결혼하겠다는 표시로 일기장만큼은 맡아두지 않겠느냐고 애걸해보기도 하지만, 자기의 뜻을 들어주지 않을 것 같아 더 미친 듯 날뛰고 있었다.

진실만을 위해 살아왔는데, 이를 증거하기 위해서라도 일기장을 없애버리거나 하면 모든 것이 물거품이 되지 않겠느냐는 뜻이다.

그러나 애란이 그러한 마음도 모르고 나를 저주하고 욕하니.

몸을 이리 뒤척 저리 뒤척… 잠시 눈을 떠보니 밤 3시가 가까워오고 있었다. 나는 다시 잠을 설치고 있었다.

"그래도 네 고집대로만 할 테냐? 말을 고분고분 들어주지 못할래? 에이, 씨발 년아!"

나는 일기장으로 애란의 뒤통수를 향해 힘껏 쳤다.

"똑똑한 여자가 세상에서 너 하나뿐인 줄 아나? 이 일기장이 - 오늘날 수많은 세상 사람들과 예수의 무리가 이 책을 보고 반성을 해야 한다."라고 하니, 애란의 작은 언니란 요망스러운 년이 믿어지지 않는다는 듯 입을 딱 벌리면서 그게 사실인지 확인하려 했다. 애란은 소스라치게 놀라는 시늉을 내면서 "지가 뭐가 위대하다고! 대학, 신학, 유학, 얼마든지…" 하면서 제멋대로 팔을 흔들어 젖히고 있었다.

"네가 정 그렇게 나온다면 예배당에 나가 성관계한 사실을 사람들 많은 데서 폭로해 버릴 테다."라고 하자, 그녀는 약간 두려운 빛을 감추지 못하고 있다가 "그러면 네가 더…" 하고 선수를 치듯 엄포를 놓는다. 나는 잠결에 "야! 이 죽일 년아! 너 죽고 나 죽자!" 하고 크게 소리를 질러보기도 하지만, 왜 여자한테 그러한 비난을 받고도 말 한마디 제대로 못하고 괴로움 속에서 세월을 보내야만 했는지 모른다. 왜 수도원에서 전파 사업을 하던 수준 높은 신앙인들을 얘기해 주지 않았는지 모른다. 그리고 빼놓을 수 없는 '가톨릭의 철야기도'에(이탈리아의 시인이고 작가, 독실한 가톨릭 신자이며 맹인인 니노사르바네스키가 쓴 『보람 있는 그날까지』라는 책에 나오는) 대해 얘기해 주지 않았는지 모른다. 신앙심이 좀 있고 종교적인 푸념을 늘어놓는 나에게 하필이면 세상에 힘 있는 자, 인텔리만을 고집하고 나서는지 모른다.

나는 일어나, 물 한 컵을 마시고 기지개를 켰다.

그리고 나서 다시 쓰러져 꿈나라로 가고 있었다.

일기장으로 애란의 뒤통수를 향해 힘껏 쳤을 때 산산이 흩어진 일기장을 고령의 할머니가 줍고 있었다.

"부모들이… 부모들 있는 데서 불태워버려…" 하면서 건방을 떨었다.

애란과 요망스런 년이 일기장을 줍고 있던 내 할머니 앞에서, 그리고 나의 부모님이 지켜보는 자리에서 건방지고 버릇없이 굴던 일을 나는 일평생 잊을 수 없을 것이다.

"얘야, 벌써부터 그런 생각은 하지 말아라…" 하고 걱정하시던 할머니.

훗날 할머니가 돌아가시고 들락날락하면서 수다를 떨던 나를 걱정스러운 듯 지켜보시던 일이 가끔 떠오르곤 했다.

문제는 그녀와의 그런 관계에서 있었던 것만이 아니었다.

변함없는 마음으로 선을 향해가던 나는, 애란의 엄마 편에 서지 못함을 못내 서글프게 생각했다. 이제 꿈은 그만 꿔도 되는 걸까? 실제 있었던 일인데. 또다시 꿈에서 재현되는 일은 흔치 않은 일인데. 한 절반 이상은 다 빠뜨려 먹었다. 꿈꾸고 난 뒤 어렴풋이 떠오르기는 하지만. 한 달여 만에 꿈은 다시 이어지고….

그런 일이 있고 삼십여 년이란 세월이 흐른 어느 날이었다.

성령기도회 시간에 할아버지 신부님이 들어오셨다. 신부님은 말을 하기 시작했다(책을 많이 쓴 어느 개신교 신학자가 천주교로 개종한 사건).

"여러분이 천주교에 오시다니 정말 천만다행입니다!"라고.

"오늘부터 집에 들어가 텔레비전을 다 갖다버리십시오!"

"수백 명이 뭐야!"라고 외쳤지만, 천 명도 될 것 같은 많은 신자가 있는 데서 신부님은 열변을 토해내기 시작했다.

"성경, 처음부터 끝까지 읽어나가십시오. 수도 없이 많이 읽으십시오."

그리고 나서 신부님은 다시 엄숙하게 말문을 열었다.

"옆 사람과 인사하십시오. '당신은 위대하십니다!'라고."

당신은 위대하십니다!
당신은 위대하십니다!
당신은 위대하십니다!
당신은 위대하십니다!

앞에서부터 좌우, 그리고 뒤에까지. 수많은 신자가 제각기 그렇게 인사를 나누느라고 정신이 없었다.

8.
애란이 집 식구가
이사 간다는 사실도 모르고
끝장을 보기 위해

꿈을 꾼다.

나는 저녁 예배시간 중에 살그머니 예배당 안에 들어가 우영이한테 부탁했다.

내일 우리 동네 좀 와 달라고 하니 우영이는 벌써 사람의 수작을 눈치 채고 "왜…?" 하더니 눈이 휘둥그레졌다가 어쩔 수 없어 나의 청을 들어주겠다고 나섰다. 오래 전부터 같은 마을에 살았다는 이유 하나만으로 하는 수 없이 고개를 끄덕여주었다.

나는 그런 말만 해놓고 예배를 보지도 않고 슬그머니 집으로 왔다.

우영이는 장로의 장남이었으며 예전에는 그렇게 멀리 떨어지지 않은 가까운 마을에 살았다. 그래서인지 친한 편이다.

다음 날, 날이 점점 어두워오자 우영이는 약속을 어기지 않고 저쪽에서 걸어오고 있었다.

나는 이미 약속했던 자리로 가서 우영이를 기다리고 있었다.

우영이는 어느새 무슨 수작을 꾸미려는 음모인지 알아차리고 차마 마음이 내키지 않는 일을 하고 있는데도, 나는 민망스러울 정도로 심한 행위를 하고 있었다.

동생뻘 되는 사람한테 왜 그런 추태를 보여주는지 알 수가 없다. 처음도 아니고….

나는 일기장을 가슴팍에 넣고, "그년들이 누굴 이기려고 하는데, 콧대를 꺾어주자! 잘못하다간 애란이 그년 나한테 얻어터질 거야! 나를 너무 원망하지 말고 한번만 더 전해주면 고맙겠다." 하니 우영이는 억지로 웃어 보이며 일기장을 받아들었다.

애란이에게 쓰고 있는 편지의 내용은 주로 이러한 것이

었다.

읽어봐. 내가 너를 좋아하는 이유를 넌 모르고 있는 것 같아. 마당에는 염소가 한가하게 풀을 먹으며 놀고 있고, 어머니의 다정하고 정겨운 모습을 볼 때면 시골 농촌이 떠오르기도 하지. 세속을 떠난 것 같은 -

잘은 몰라도 가난하게 사는 것 같지만 그다지 수다스럽지 않고. 가끔 승연이와 연관지어 생각할 때도 있기 때문인지도 몰라. 어떻게 보면 우리 아버지와는 반대되는….

잠시 일어나 바깥으로 나가 밤하늘의 별을 쳐다본다. 고개와 어깨를 좌우로 몇 번 돌리고 두 팔을 흔들어대다 노래 한 곡조를 부른다. 그러다가 다시 제자리로 들어와 잠을 재촉한다.

꿈을 꾼다. 자기의 정당성을 드러내기 위해.

'인간은 위대하다. 큰 사람이 따로 있는 건 아니니까. 진실, 진실, 진실…. '진리'라는 것에 대해…. 과거에도 그랬고, 현재에도 그렇고, 미래에도 그럴 것이다. 죽기 전까지. '진리'를 말할 수 있는지에 대해서는 너무 깊고 오묘하여, 몇 백년을 산다하더라도 조금은 풀 수 있을지 모를 일이지만.

나는 훗날, 두고두고 그런 꿈을 생각하면서 긴 긴 세월을 보내고 있었다.

꿈. 꿈. 꿈… 처음처럼 꿈은 계속 이어지고,

예배시간이 끝날 때가 가까워오고 있었다.

오후가 되면서부터 왠지 모르게 불길한 예감이 들었다. 이번 일만큼은 조용한 가운데 무사히 넘겨야 할 텐데. 초조와 불안한 마음으로 긴장되어 들락날락하고 있을 때 애란의 할미가 노발대발하며 쫓아왔다.

장로한테 "네놈 딸 주라!"라고 했다.

"네놈이 누굴 망치려고 하나! 이제는 네놈과 이렇게 되지 않았느냐! 네놈 죽이고 징역가면 그만이다!"

늙은 할미가 으름장을 놓았다.

나는 더 할 얘기도 없고 해서 "정 그렇다면 이제는 끝장 난 걸로 알겠소!" 하고 태연했다.

내 어머니가 또 장로 댁을 찾아갔다. 애란의 어머니는 처음으로 성난 표정을 지어 보이며 "사람을 무르게 보고 그런 가요? 예배당에서 이 무슨 일이란 말이요. 아드님을 장가보내 주시오. 내 새끼도 병신이지만 줄 수가 없어요." 하더니 또 한 차례 눈물을 글썽거리면서 슬퍼하더라고 했다.

장로가 "나는 무슨 내용인지도 모르고. 네놈 딸 주라고 하니… 허참…. 빵 장사 하던 네놈이… 난 다만 중간에서…" 하면서 어처구니없어 하더라고, 사리의 옳고 그름에 대해 무감각한 내 어머니가 사실대로 얘기하고 있었다.

'나도 여자로 태어났더라면 큰소리라도 한번 치고 끝장을 봤을 걸!'

혼자 그런 생각을 하는 나의 입가에서는 엷은 미소가 번지고 있었다.

아버지는 "세상에 태어나자마자 실어 강물에 던져버렸더라면 이 꼴 저 꼴 보지 않았을 걸!" 하면서 비통해했다.

정군이 신바람이 나 시계를 고치고 있을 때 나는 방 한구석에서 혼자 흐느적거리면서 울었다. 무슨 울음인지는 몰라도 구슬프다 못해 처량하기까지…. 사리 판단에 어두운 내 어머니는 "이제 그만 우리 둘이 죽자!" 하면서 슬퍼하지만, 왠지 모르게 그런 어머니에게 -

애란에게 다시 갈 수 없는 건 고사하고라도, 독실한 신자인 애란의 엄마한테 사랑과 칭찬을 더는 받을 수 없음을 생각하고 그렇게 슬피 우는 것이다.

'저런 사람이 내 아버지라니.'

의롭지 못하다는 이유로.

그런 일이 있고 좀 오랜 세월이 흘렀을 즈음, 왜 아버지의 마음을 그렇게 섭섭하게 해드렸던가를 생각하면 가슴이 매어와 한평생 잊히지 않을 것 같다.

언젠가 사람이 아닌 귀신이 되어 예배당에 나간 적이 있었다.

애란은 피아노 앞에 앉아 있었고, 나는 다른 때와 같이 맨 뒷좌석에 앉아 있었다.

어쩌다 그녀의 눈과 내 눈이 마주쳤다. 그러나 나는 자기도 모르는 사이에 얼굴을 돌리고 있었다. 애란도 고개를 슬며시 돌리고 곁눈으로 사람을 흘겨보는 듯했다.

얼마의 세월이 흐르고 나는 행여나 또 무슨 좋은 수가 있나 해서 무작정 예배당에 나가 보았다. 하지만 애란은 냉정했고! 그런 애란에게 신뢰감을 줄 수 없었던 제 마음을 깨닫고 자신이 무력해져 그만 모르는 척했다.

그녀와의 이별은 인간관계에서만 이루어지는 그런 이별이 아닌, 주님이 주신 생명의 빛이 없는 죽음에 가까운 것을 의미하는 것이었다.

세월은 흘러 여러 달이 지나고 날은 점점 추워지고 있었다.

언젠가 자다가 일어난 사람처럼, '행여나 애란의 집을 다시 찾아가면 반겨 맞아줄지도 모르지. 서서히 다시 접근해 보는 건 어떨지. 앞으로는 네가 똑똑한 여자가 아니라 바보같은 여자라고 단정할 테니.' 나는 그런 생각을 어렴풋이나마 떠올리면서 다시 회생할 길을 찾고 있었다. 밤이 올 때를 기다려 술을 마셨다. 마음을 안정시키기 위해 제대로 먹지도 못하는 술을 마신 것이다.

술을 마시고 무감각한 상태로 한 걸음 한 걸음 그녀의 집을 향해 갔다. 내게는 가기 어려운 길이었는지도 모른다. 그러나 벌써 몸은 그녀의 집까지 와 있었다.

얼마쯤 있다 보니 여러 사람이 그 집에서 나오고, 뒤따라 그 집 식구들이 인사 겸 배웅하러 바깥으로 나오고 있었다.

애란의 어머니가 사람들을 돌려보내고 화장실인지 어딘지 들어가는 걸 발견했다.

얼마쯤 있다가 거기서 나와 집안으로 들어가려고 하던 중, 왠 이상한 사람이 벽에 기대어 있는 걸 발견하고(그때 나는 벽 한구석에서 헛기침을 했다) 발걸음을 멈췄다.

나는 체면이 서지 않아서 머리를 수그리고 철없는 아이

처럼 머리를 만지작거렸다.

애란의 어머니는 표정이 굳어 있었으며 아무런 말이 없이 한참 나를 유심히 지켜보다가 땅바닥에 침을 뱉으면서 나의 앞을 획 지나쳤다. 그리고 '더럽다!'는 의사 표시를 하고 다른 데로 자취를 감추어버렸다.

잠시 있다니 애란의 작은 언니인 요망한 년이 나타나고 뒤따라 애란도 나타났다. 요망스러운 년이 보는 데서 나는 더 바보처럼 보이려고 애썼다.

요망스러운 년이 "내일 모래 우리 집 식구 전부 이사를 가는데 어떻게 알고 왔니!" 하면서 놀라는 흉내를 냈다.

나는 요망스러운 년의 말을 그대로 들으려고 하지 않았다.

그러던 중 애란의 동생이 자기의 누나를 따라 나와 정신 나간 사람처럼 행동하던 나를 지켜보고 있었다. 곧이어 애란이 나타나 한마디 거들었다.

"이제 반성을 했다는 말이로구나!" 하면서 사람을 가볍게 보고 한마디 던졌다.

나는 애란의 두 눈을 뚫어지게 쏘아보았다.

'대체 네게 무슨 반성할 게 있다는 말이냐. 사람들 보는 데서 그렇게 무참히…'

나의 눈동자를 통해서 내가 그런 생각을 하고 있다는 것을 읽은 애란은 곧장 무의식적으로 터져 나오는 제 언사를 떠올리고 정신을 가다듬는 듯했다.

입을 떼지 않고 침묵을 지키는 나를 눈치채고 두려운 생각이 들었던지, 끝까지 사람을 가볍게 취급하려다가 자신의 태도가 정당하지 못함을 깨닫고 "아- 아이고…!" 하면서 말꼬리를 흐렸다.

애란은 한 팔로 원을 크게 그려 보이며 왜 처녀인 자신에 대한 헛소문을 내서 망신을 주었느냐고 그러는 것 같다. 그러고는 곧 나에게 바짝 다가섰다.

"부모의 속을 태우지 말고…"

그런 말만을 해놓고 잠시 서 있다. 이제는 정말 멀리 떠나게 됐다는 얘기는 차마 하지 못하고 애석하게 생각하는 듯하다.

애란과의 대화가 부드러워지고, 서로 화의라도 한 듯 다시 정겹게 주고받는 걸 보고 요망스러운 년은 -

제 동생에게 무슨 달콤한 비밀 얘기나 전하지 않을까 하고 항상 바짝 붙어 다니던 야망에 찬 계집의 눈초리를 질시하듯 보고 있었다.

애란이 그런 비밀 얘기는 하지 않았지만, 따뜻한 말 한마디만으로도 나는 그만이었다.

그녀는 인간적인 순수한 마음에서 같은 학교를 다니고, 좀 멀리 떨어져 있긴 했지만 같은 마을에서 살았다는 이유 하나만으로 그렇게 말하는 듯 싶다.

나는 다시 내게로 돌아와 주어 고맙다는 인사로 손이라도 한번 잡아주고 싶었지만, 요망한 계집이 옆에 바짝 붙어 다니면서 방해를 놓자 "미안하다! 요! 나쁜 년아!" 하면서 혼자 중얼거리듯 얌전하게 인사를 하는 척하다가 급히 집으로 돌아가려 했다.

애란은 내가 무슨 생각을 하고 있는지 다 알고 있었으므로 집 안팎으로 들어가면서 웃어 보였다. 그런 다음, "내일모래 예배 보러 나와." 했다.

다시 마음을 돌려 내 편에 서주겠다는 애란의 뜻에 나는 너무 충동을 받아 어쩔 줄 몰라 했다. 내일모래 다시 예배당에서 보자는 얘기를 해준 거나 마찬가지라고 생각했다.

'다시 예배당에 나가면 그녀의 정겨운 모습을 볼 수 있겠지! 진실로 인자하고 사랑이 많은 모친의 편에 서서 살아갈 수 있겠지!'

다음 날 동틀 무렵까지 그러한 생각에 잠겨 있었다. 앞으로는 두 번 다시 그런 무례한 일은 없을 거라고 울먹였다.

그날 밤 나는 구름 속을 가는 듯했다.

몇날 며칠 꿈을 꾼다. 꿈을 꾼 지 한 달여 만에 꿈은 계속 이어지고.

9.
정군과의 인연은
끝이 난 듯하나

꿈을 꾼다.

예배당에 나가보았다. 애란의 식구들은 한 사람도 눈에 띄지 않고 애란의 어머니 모습만 보였다.

이사를 간다던 요망한 년의 말이 사실임을 알고 나는 금세 초조와 불안을 감출 수 없었다. 그날 밤 집사로서 맡은 직무를 다하기 위해 늦도록 떠나지 않고 무슨 일을 하고 있었던 모양이다.

며칠이 지나갔다. 사랑방에 사는 선미네 엄마가 그 집 식구들이 모두 울산으로 이사를 간다는 소문을 듣고 와 내 어머니한테 얘기해 주었다.

우리 집 식구들은 왜 그들이 이사를 가게 됐는지조차 생각해 보지도 않고 우리와는 전혀 무관한 일로 간주해 버리는 무력한 사람들이다.

기독교 집안과 그렇지 않은 집안은 그런 데서도 여실히 차이가 나는가 보다!

선미네 엄마의 그런 얘기를 듣고 나는 깜짝 놀라는 흉내를 내지만 -

혼자 몸부림을 쳐보기도 했지만, 결국 교회만 들락날락할 뿐이다. 애란의 엄마가 집을 버리고, 아니면 집을 팔고 멀리 영영 가버리다니… 믿을 수 없는 일이었다.

나는 망연자실할 뿐이다. 나는 과오에 넘치는 어떤 행위를 한 탓에 부정한 결과가 찾아온 것만 같아 괴로웠다.

나는 이런 일 저런 일을 두루 생각하며 고심하던 중 마침내 죽음의 길을 택하고 말았다.

그러나 약을 먹는다고 사람이 쉽게 죽는 건 아니었다.

자살이 실패로 돌아가고 다시 일어난 나는 주위 사람들 - 정군이라든지 금옥당 시계방 주인이라든지 시계방 옆에서 문구점을 하던 젊은이라든지 등의 사람들을 생각하면 죽음의 길을 택하기보다 -

더욱이 계집년처럼 입이 가벼워 소문을 퍼뜨리고 다니는 정군의 모습을 보니….

일어나 보니 꿈이었다.

정군이 술집 여자와 놀아나는 행위는 볼만한 장면이었다.

'어떻게 남의 집에서 세도 내지 않고 저렇게 할 수 있을까….'

나는 속으로만 증오심을 느껴고 있었다.

어느 날 비가 조금씩 오고 있었는데, 정군의 행위야말로 말이 아니었다. 눈에 보이는 게 없었다. 정군은 멋있게 제 시계 수리대를 짜 들여놓고, 나의 초라한 도장 탁자는 비 오는 바깥에 내동댕이쳐져 있었다. 나는 더 참을 수 없어 정군의 시계 수리대를 부수며 욕설을 퍼붓고 있었다.

내막을 모르고 건성으로 자식을 바라보던 부모님도 이제는 더이상 정군의 편을 들어주려고 하지 않았다. 나는 기회를 잡고 속히 정군이 내 집에서 나가도록 서둘렀으며, 부모님도 내 의견에 그렇게 반대하고 나서지 않았다.

'사람의 인연이란 -'

10.
아버지와
주위 사람들의
시선이 무거워

학교를 졸업하고 나는 아버지와 천직에 대해 얘기한 적이 있는데 별 신통한 결론을 찾아내지 못하고 있었다.

아직 늦지 않았으니 무슨 일이라도 다시 시작해 보고 싶었다. 공부도 하고 싶고, 다른 일도 생각해보고 싶지만, 애란이란 년이 부모님이 지켜보는 데서 할 소리 못할 소리 마구 지껄여대는 바람에 아버지는 애란이란 년의 편을 들어 자식의 약점을 잡고 고립시키려고 했다.

끝까지 하지도 못할 일을 이 시각부터 과감히 포기할 수만 있다면 좋겠지만…. 나도 모르겠다. 타고 난 팔자대로 살 뿐이지. 더 생각해볼 여지도….

할 일이 없으면 바둑을 두고, 책도 보면서 앞으로 살 계획을 세울 틈도 있을 텐데, 당장이라도 굶어 죽는 것처럼 성가시게 볶아댄다.

아버지와 주위 사람들의 시선이 무겁고 부담되어 무슨 일을 해야만 한다. 하지만! 방법은 쉽게 떠오르지 않고, 어떤 일을 어떻게 해야 옳은 것인지 알 수 없어 결단을 내리지 못하고 있다. 아니, 어떤 방법도 없고 희망도 보이지 않는다.

부모님이 성화를 내면 낼수록, 주위 사람들이 뭐라고 수군거리면 거릴수록 더 반대의 길로 가려고 애쓰는 것처럼 느껴진다. 다만 사람들의 등살에 지겨운 삶만 지속될 뿐이다.

보성당 시계방 주인은 "천한 직업, 천한 직업… 예로부터 장사꾼을 일컬어 쌍놈이라고 했거든." 하면서 자기의 악독스런 습성을 드러내기도 했다.

그 사람은 말을 계속 이어나갔다. "배운 사람치고 기술을 빨리 습득하는 건 여태껏 보지 못했어." 하고 불안에 차 떠들어댔다.

그러나 나는 그 사람의 의견과는 반대로 "내가 한창 시절 좀 공부를 열심히 했더라면⋯. 배워서 기술을 못 배우는 게 아니고 배우지 못한 탓이오."라 했다.

나는 시계업에 종사해야 하는 자기의 운명을 생각하고 설움에 겨워 울먹이듯 얘기가 입 밖으로 터져 나오는 스스로를 자제하려고 애썼다.

11.
모습을 감췄던
애란의 어머니를
다시 본 나는

영영 가버렸다고 잊고 있던 애란의 어머니를 다시 보았다.

노 여인은 정든 마을과 정든 교회를 지나치게 되면 가끔 들러 교우들을 만나고 옛정을 나누는 모양이었다.

걸맞지 않은 커다란 리어커를 끌고 마을을 지나가는 모습을 보니 나는 맥이 쪽 풀렸다.

당장이라도 노 여인한테 가 눈물을 펑펑 쏟고 싶었지만, 그 순간을 깜빡 지나쳐 버리고 못내 후회했다. 노 여인이 그리워 밤낮 눈물로 살아왔는지도 모른다.

볼 때마다 그렇게도 인자한 모습으로 반겨주던 노 여인.

그런 노 여인이 -

나는 괴로웠다. 복받치는 울음을 터뜨리고 싶었지만…
집을 판 것인지 버린 것인지는 모르지만, 도대체 어디로 가
버린 것일까!

나 같은 불쌍한 인생을 구해주기 위해서였을까? 아니면
다른 무슨 이유라도 있어 그랬던 걸까….

고요라는 낮은 음표

1

연못은 고요이고, 고요는 연못이다

언덕 위의 꽃잎이 바람에 날려 고요 가장자리에 떨어진다

꽃잎이 떨어진 자리에 실낱보다 가는 물결이 인다

물결은 연못을 밀치고 점점 더 크게 퍼져 나간다

나는 눈을 감고 물결이 퍼져 나가는 소리에 귀를 기울인다

2

어두운 밤이다

나는 또박또박 글씨를 쓴다

글씨가 숨 쉬며 문장을 이어나간다

글씨가 잘게 소리를 부서뜨린다 검은 불빛을 안고

햇빛이 들지 않는 방은 더 적막하다

고요가 고요를 받아 꿈속에 잠긴다

3

나는 낮잠 자는 고양이를 깨우기를 좋아한다

새가 깃을 펴고 쫑잘거린다 오므리고 가만히 앉아

칙칙폭폭 기차가 어둠 속을 달리며 고요를 삼켜버린다

별빛의 알갱이가 잘게 부서진다 허공 속에서

내 귀는 올곧게 서 있는 당신의 숨소리를 듣고 있다

고요는 오색을 헤치며 선명해진다

12.
어느 날 술집에서 본
인상적인 여인

언제부터인가 마음먹고 벼르던 일을 실천에 옮기기 위해 서랍 속에 든 금전을 털어 선봉이와 술집으로 갔다.

좀 멀리 떨어진 곳에서 학교 선배가 빠른 걸음으로 쫓아오고 있었다.

'석탑'이란 두 글자가 선명하게 눈에 들어왔다.

이윽고 세 사람은 술집에 다다른 것이다.

술집에 들어서자 어두컴컴한 탁자에서 두 개의 촛불이 밝은 빛을 발하며 타고 있었다.

주인 여자인지 누군지 몇 호실 테이블로 사람들을 안내했다.

선봉이와 학교 선배가 나란히 앉았고, 나는 혼자 앉아 술집 여자가 들어올 때를 기다리고 있었다.

선봉이와 선배가 어스름 불빛 아래에서 무슨 얘기를 하느라고 열중이고 있을 때, 한 젊은 여인이 나의 왼쪽 좌석에 다가와 앉았다.

나는 금시에 마음을 놓을 수 있었다. 구혼자가 나타난 걸까? 그러나 처음부터 그런 여인이 나타날 거라는 생각은 꿈에도 해본 적이 없었다.

기왕 술집에 왔으니 술이나 실컷 마시고 여자를 만지거나 애무하다 기분이 내키면 여관으로 가 하룻밤 자고 성관계를 하면 그걸로 족하지 더 바랄 게 뭐가 있느냐는 식이었다.

그러나 한 술집 여인의 착한 마음씨는 나를 그런 생각으로부터 멀어지게 했다.

정희는 나에게 하나하나 일일이 묻고 있었다. 정희에게는 사귀던 남자가 있었는데, 자기를 버리고 가버리더라고 애틋한 심정으로 얘기하고 있었다.

정희는 그 일에 대해 민감할 정도로 신기한 생각을 하고 있는 듯했다. 아마 몸은 불구인 사람인 듯한데, 뜻밖에도 헤어진 뒤 여태 잊지 못하고 있는 것 같았다.

정희는 원래 처음 자기와 사귀던 이와 비슷한 사람을 찾고 싶은 심정이었다고 고백함으로써 나에게 접근하려는 듯했다. 그녀가 양팔과 양다리가 다 절단된 사람을 상기시켜 주면서 "지금은 교회를 나가지 않고 있지만, 오빠가 가톨릭 성당에서 결혼식을…" 하자, 나는 한동안 정희의 얼굴을 멍하니 쳐다보고 있었다.

'가톨릭이라니. 여태껏 들어보지 못한 말 같은데…'

나는 그때까지 가톨릭 성당에 한 번도 가본 적이 없었고, 그래서 무슨 말인지 빨리 생각이 나지 않아 침묵을 지켰다. 어쨌든 가톨릭 집안에서 태어났고 가톨릭 성당에 뿌리를 내리고 있는 여자일 거라는 생각을 하게 되었다.

정희는 나에게 술을 따라주면서,

"나도 한잔 따라주겠어요?" 했다.

나는 생전 처음 여자에게 그런 대우를 받고 얼떨떨하여 술을 덥석 받아 마시고 따라주었다. 정희는 집이 황지라는 것과 아버지, 엄마, 동생들하고 같이 산다는 것을 얘기해 주었다.

나는 정희의 그 말이 잘 믿기지 않아서 "그렇다면 어떻게 이런 술집에 나와…" 하고 약간 말꼬리를 흐리면서 물었다. 그러자 정희는 조금도 이상할 게 없다는 듯이 맑고 또렷한 목소리로 자신 있게 답했다. 그러고서 "황지여상 1회 졸업." 이라고 했는데, 앞으로 '술집 여자'라고 깔보는 일이 있어서는 안 된다고 얘기해 주려는 것 같았다.

그렇게 얘기하고 한 번 정도는 자기를 과시해 보이기도 했다.

한 남자만을 위해 살겠다고 자기의 절개를 얘기해 줌으로써 나의 마음을 안정시키고 믿음을 가질 수 있도록 해주기 위해 애썼다.

그녀는 무릎 위에 나의 손을 얹어놓게 했으며, 주로 가정 얘기를 하는데 초점을 맞추려고 했다. 그리고 나서 얼굴이 내 텔런트 누구 같다고 좋아했다.

나는 모처럼 술집에 와 호의호식을 다 받아서 기쁨을 감출 수 없었다.

네 사람은 술이 점점 올랐으며 선봉이가 마주 앉아 무슨 얘기를 하다가, "교회는 왜 나가느냐."고 했다. 그 말을 듣고 있다가 그녀는 "나도 교회로 인도해 줄 수 있겠어요?" 했다.

나는 하나마나한 얘기를 하고 있다는 듯이 "물론이지, 인도해 줄 수 있고말고." 하면서 자신만만하게 대답해 주었다.

내가 "다방 여자들은 갈 적에는 잘 있으라는 말 한마디 없더라."라고 하니 무슨 말인지 얼른 알아차리고, "결혼!" 하면서 "나도 같은 생각을 하고 있었다."라고 말해주었다. 그녀는 곧이어 "불꽃!" 하면서 앞으로 가게 될 술집 이름을 가르쳐 주었다. 또한 주인 아줌마한테는 우리의 사이를 얘기하지 말라고 부탁하고 있었다.

술이 더 오르자 네 사람은 왁자지껄했으며, 학교 선배가 두 사람이 불같이 달아오름을 알아채고, "조 양, 오늘 밤 꼭 데리고 나가거라!" 했다. 그러자 그녀는 괜히 격분을 참지 못해 표독스런 눈초리로 악을 썼다. 그래도 속을 이기지 못해 "우리의 일은 우리가 알아서 해요! 나빠요! 나빠! 우린 전부터 잘 알고 있던 사이였어요! 꼭 결혼할 거래요!" 했다.

나는 처음부터 자리를 같이하지 말았어야 할 선배와 술을 나누고 있는 그 시각이 왠지 꺼림직했지만, 그런 걸 나타내지 않기 위해 조심하면서 술을 마셨다. 선봉이와 학교 선배가 서로 번갈아 가며 바깥을 들락날락하기도 하고 제자리에서 얘기를 주고받기도 했다.

나는 제자리에서 꼼짝도 하지 않고 술에 취해 흥얼거리

고 있었다.

그녀도 좀처럼 자리를 뜨지 않았다. 그러던 중 한 청년이 자리를 침범하려 했다.

우리 일행은 예의에 어긋난 행위를 하는 그 사람에게 반항심 같은 걸 느꼈지만, 그저 앉아 태연한 척 술을 마시고 있었다.

자리를 침범하려다 거절당한 청년이 바깥에서 병을 깨뜨리며 극성을 떨었다.

"나는 전과자, 다 된 인간이거든…."

그는 자기의 신세를 생각하고 왜 그렇게 슬퍼하는지.

"나 오늘 술 많이 취했어!"

그녀는 위험한 시각이 찾아왔다고 판단했는지 정신을 차리기 위해 바깥으로 나갔다.

그러다 병을 깨뜨린 그가 학교 선배의 따귀를 올려붙이며 나이 값을 못하느냐고 그러는 것 같다.

'자식! 얼마 전 여자와 관계를 했으니 앞으로는 만나지 말라고?'

나는 그런 생각을 하면서 기대에 차 선봉이와 무슨 얘기를 나누고 있었다.

13.

'불꽃'

정희의 긴 눈썹과 맑고 경쾌한 목소리가 내 마음을 사로잡았다.

"내가 여기 '석탑'에 있다 없으면 '불꽃'으로 찾아오면 돼."라고 한 말이 생각났다.

하루 속히 정희를 만나고 와야 할 텐데! 하지만 정작 나는 '불꽃'이 어디쯤 있는지 알 수 없었다.

초조해지고 불안한 마음이 엄습해 왔다.

그러다 마침내 '불꽃'이라는 술집을 찾을 수 있었다. 시계방 주인이 "저기서 조금 더 걸어가다 보면 '이화정여관'이라는 여관 바로 맞은편에 '불꽃'이라는 술집이 있다."라고 친절하게 가르쳐주었기 때문이다.

음악소리가 은은하게 울려 퍼지는 그 싸롱을 향해 힘을 내어 걷고 있었다. 왠지 모르게 두려움이 밀려와 잘 걸을 수 없었지만, 그래도 힘을 다해 걸었다. 집에서 나올 적에 술 한잔 마신 것이 마음을 안정시켜주었다. 나는 심장의 고동이 멈추지 않음을 직감하면서 그 싸롱까지 아무 탈 없이 걸을 수 있었다.

미닫이문을 밀치고 들어가자 탁상 위에서는 수십 개의 촛불이 이상한 소리를 내면서 타오르고 있었다. 한 여자가 어떤 사람과 마주앉아 얘기를 나누고 있었는데, 나는 그 여자가 '정희'라는 걸 금방 알아차릴 수 있었다.

정희는 놀란 표정을 짓다 얼른 자리에서 일어나 몇 호실의 테이블로 안내했다. 정희는 잠깐만 여기서 기다리라고 하고 바깥에 나가 조금 전 그 사람에게 술을 마저 따라주고 다시 들어오겠다고 했다.

잠시 후 다시 정희가 들어왔다. 정희는 마침 오늘 그날 있었던 일을 생각하고 있었다면서 감격에 차 말을 제대로 잇지 못하고 있었다. 어떻게 쉽게 찾을 수 있었느냐고 묻기에 찾느라고 애먹었던 일을 얘기해주었다(어떻게 여기서 다시 만날 수 있었을까). 우리 두 사람은 신비함에 싸여 같은 얘기를 되풀이하면서 기쁨을 감추지 못했다.

우리는 어스름 불빛 아래에서 만나야 할 사람과 단둘이 있음을 알고 행복함을 느꼈다.

나란히 앉아 손과 손을 마주 잡았다. 그녀의 손가락과 나의 손가락이 뒤엉켰다.

그녀는 찾아와 주어 고맙다고 했다.

경찬이가 어떻게 여기를 알고 찾아와 거액의 금전을 줄 테니 외박을 꼭 한번 해야겠다고 엄포를 놓고 수다를 떨어 애를 먹었다는 얘기를 해주었다.

내가 겁이 나서 여기 있어도 괜찮냐고 하자, "지까짓 게 뭔데…." 했다. 그리고 잠시 있다가 "난 덩치는 작아도 담이 크고 겁이 없어." 하면서 은근히 자신을 과시해 보이고 "걱정할 필요가 없어."라고 했다.

내가 다시 확인이라도 하듯 "얘기만 들어도 고마워."라고 하자, 그녀는 술 기분에 결혼하자고 한 게 아니었다고 자신의 진심을 얘기해주었다.

"동정을…?" 하자, 그녀는 양팔과 양다리가 다 절단된 사람을 다시 한번 상기시켜주면서 같은 얘기를 반복하고 싶지 않다고 딱 잘라 말했다.

　"그럼 왜…?" 하자 "의지력이 강하기 때문에."라고 말해주
었다.

14.
삶과 죽음의
갈림길에 놓인 일터

무슨 수단과 방법을 써서라도 하루 밥 세 끼 먹고,

살아갈 수 있는지 없는지에 대해서만 골몰하고 있는데.

15.
누님에게 보내는
시 한 편

B3동 병실

엄마는 아기 곁에서 병원 냄새가 난다고 한다
한기를 느낀 달빛은 물결처럼 출렁거리며 온 세상을 흔들
어 놓는다

아기는 걸음을 멈추고 B3동 병실 셋째 칸 침대에 주저앉
아 울고 있다
창밖에서 달빛이 슬며시 스며들어 아기의 눈빛과 마주
친다

달빛 아래 눈을 감은 것들은 냄새에 취한 모습으로 잠
든다

숨결에 달맞이꽃 냄새가 난다

16.
정희에게 긴장했던
순간이 지나가다

오랫동안 가지 않던 '불꽃'을 갔다.

좀 오랜 시간이 지나고 정희가 들어왔다. 정희는 긴장을 풀기 위해 바깥에서 술을 마시고 있었던 모양이다.

어릴 적 소꿉친구인 영동이하고 앳된 아가씨하고 같이 갔을 때, 그 아가씨가 나의 옆자리에 있었으므로 혹시 깊은 사랑에 빠지지나 않았나 해서 걱정을 하고 있었던 모양이다.

그때 그 아가씨와 내가 함께 있는 것을 목격하고 이를 상상했던 것 같다. 앳된 아가씨의 어깨를 살짝 두드리면서 다른 여자와 깊은 사랑에 빠져있는데, 그 순간 그만 들키고 말았다는 암시를 일부러 보여주고 있었기 때문이다.

그런 일을 해놓고, 책을 다시 쓰기 위해(어머니가 실수로 잃어버린 일기장) 오랫동안 아무런 연락도 없다가 예고도 없이 들이닥쳤으니 오해를 할 만도 했다. 자기의 남편 될 사람을 다른 여자에게 넘겨주었다고 판단한 그녀는 술을 마시고 정신을 잃고 있었던 것이다.

정희는 내 옆 자리로 오지 않았다. 그때처럼 또 마주 보고 있었다. 내가 먼저 정희에게 손을 내밀었다. 나는 전신에 맥이 쭉 풀린 정희의 손을 잡아주었다. 그리고 늦게 오게 된 사유를 얘기해 주고 우선 정희를 안심시켜 주려고 했다.

정희는 새로운 힘이 솟아나고 있었다.

두 사람은 노래를 불렀다. 앞으로는 어떠한 일이 있어도, 오해를 하지 말자고.

두 사람은 서로의 사랑에 아무런 변함이 없음을 다시 한 번 확인하고 있었다.

17.
누가 보면
웃을 일이겠지만

언젠가 정희가 "요즘도 교회 나가?" 하고 물었을 때, 나는 대꾸도 하지 않고 그저 묵묵히 앉아 있었다.

"만약에 작가가 된다면! 지금은 아니더라도, 언젠가 기회가 주어지면 국문학이나 영문학을 전공해."라고 기대에 찬 듯이 말하면 정희는 시꺼멓게 된 나의 손을 어루만지며, "일을 열심히 해서…" 하고 삶에 대한 의욕과 용기를 북돋아 주었다. 오빠 하나, 남동생 셋. 그중 막내 동생이 고3이라고….

오빠는 가톨릭 성당에서 결혼식을 올렸다고 언젠가 얘기해준 적이 있었다. 동생이 "누나도 교회에 가자."라고 했을 때 정희는 발끈 화를 냈다면서, 동생의 청은 들어주지 않아도 내가 인도하면 언제라도 따라갈 수 있다고 한두 차례 되풀이하곤 했다.

누가 보면 웃을 일이겠지만, 일을 서두르고 있었다.

시내를 두루 돌아다니며 어디 조그마한 가게 하나 난 곳 없나 샅샅이 뒤져보았다.

벌어들이는 금전은 아버지가 챙기고 내놓을 생각조차 않고 있는데도, 그래도 한번 살아보기 위해 굼벵이가 꿈틀거리기라도 하듯 움직여 보는 것이다.

삭월세라도…. 하지만 손에 든 것이라고는 하나도 없었다. 기술도 좋지 않고, 가진 것이 아무것도 없다. 마음먹은 대로 움직일 수도 없다. 그렇게 애만 쓰는 자식에게 동정조차 한 번 쏟지 않는 부모님이 민망스러울 정도다.

저금 통장을 내놓으라고 졸라댔다. 자식의 앞날을 걱정해서 "금전을 얘한테 맡기면 하루아침에 다 날릴 텐데…"라며 만류한다. 저승에 갈 적에 그나마 부모님 도리는 다하고, 얼마 안 되는 시간이지만 홀가분한 심정을 누리기 위해 이를 거절하는 것이다.

"더러운 술집 년…"

어머니는 여전히 정희를 흉보고 있었다.

'불꽃'에 가 정희와 단둘이 있는 시간만이 위로를 가져다 주었다.

"내가 여기서 술을 먹다가 죽어서 묻히면! 무덤에 찾아와 술 한 잔 따라놓고 제사 지내고 설움에 겹도록 울 거야!"

그녀는 지쳐 있었다.

"용기를…"

나는 힘주어 말했다.

보증을 서다가 빚진 금전은 거의 다 갚아가고 있다고 정희는 얘기했다.

마지막 부분에 그런 여자로부터 버림받았다고 적은 일 기장.

'그건 소박하고 순진한 술집 여자에게 사랑을 바쳐야 했던 것이 내 생애 가장 큰 자랑이었는지도 모른다.'라고 씀으로써 그 책을 끝내고 있었기 때문이다.

어머니가 분실한 자기의 일기장을 다 써놓고.

그런 일이 있고 세월이 좀 흐른 뒤, 얼마의 금전을 정희의 손에 쥐어주고 온 이후부터는 너무 확실히 믿었던 탓일까?

진짜 어려운 일은 지금부터라는 걸 까맣게 잊고 있었다.

18.
중대한
약속

하루는 전화로 그녀를 불러냈다.

"어느 다방으로 나와. 거기서 얘기하자고."

그러자 그녀는 곧 "집으로…"라고 했다

나는 주저주저하다 그만 전화를 끊었다. 중대한 약속을
어기고 있는 걸까…?

19.
사태를 망각한 채
실언을 하는

술을 맘껏 퍼먹고 계속 정신 나간 사람처럼 마구 말을 씹어뱉었다.

"누가 한번 자봤냐고 묻길래 자봤다고 했다…."

정희는 나의 얼굴을 물끄러미 쳐다보고 있었다.

왜 실언을 하는 걸까.

그녀는 성을 떠올리면서 "그렇지 뭘. 그럼 지금까지 친구로 지내왔는데, 이 시각부터는… 결혼은 생각해본 적도 없고…"라고 했다.

"앞으로 계속 여기서 이럴 거야?"

"그럼 어떻게 하라는 거야."

정희가 짜증을 내듯 말했다.

나는 궁지에 몰린 고슴도치마냥 몸을 잔뜩 웅크리고 "집에 가 있으면 안 되겠나?" 했다.

"집에?"

"여기 더 있으면 배가 임신한 여자같이 돼. 뛰어. 뛰어. 십 리든 백 리든…"

나는 걱정스러운 듯 말했다.

정희는 "나도 몰라…" 하면서 안팎을 들락날락했다.

그러다 다시 들어와 "오란 씨 술 한잔하라고 할까?" 했다. 그런 상황에서 집사를 불러 무슨 좋은 대책이라도 의논해보기 위해 애쓰고 있는 듯싶다.

나는 아무 생각 없이 고개를 끄덕이면서 그녀의 말에 응했다.

"너 좋을 대로 다 해보려무나…"

나는 집사가 들어왔는데도 계속 여자를 들들 볶아댔다.

집사는 간신히 말을 이어나갔다.

"오늘 같은 날…"

그러자 나는 곧 화제를 바꿔 다시 말을 이었다. 눈을 휘둥그렇게 뜨고, "이 여자 큰일 났어요. 날마다 술만 먹어

살이 저렇게 쩌가고 있으니… 이 일을…"이라고 했다.

정희는 말하는 폼이 하도 우스웠던지 호탕하게 웃고 있었다. 집사는 의젓하고 점잖은 태도로 "살이 좀 쩌야 돼…. 그렇지만 더 이상 쩌면 안 돼…." 하고는 계속 말을 이어나갔다. 그리고는 "하는 일은 잘 되어가고 있어요? 오늘은 좀 조용하고 시간이 있어 이렇게 나왔나 봐요." 하고 물었다.

나는 급한 일이 눈앞에 떨어져 있는데 마음 편한 말만 하고 있다는 듯 좀 성급한 행동을 취해 보았다.

"이 여자 일요일에 교회로 좀 데리고 나가시오…"

겉으로는 다급한 심정으로 그렇게 얘기하고 있었지만, 실은 술독에 빠져 허우적대고 있는 사람 좀 살리는 방법이 없을까 하고 자기에게 묻고 있는 것이다.

잠시 침묵이 흘렀다.

"조 양 아가씨, 술 한잔 받을까?" 하고 묻자, 정희는 술을 받으려고 했다.

"먹고 죽어라…."

나는 홧김에 술을 맘껏 부어버렸다. 술이 잔에서 넘쳐 탁상으로 흘러내렸다.

정희는 손수건으로 술을 닦고 있었다.

"한잔하고 집사님 한잔 따라드려…."

집사는 화가 약간 나, "나는 술 못해요." 하고 바깥으로 나갔다. 나는 이렇게도 저렇게도 무슨 방도가 서지 않아, 맘에도 없는 말을 내뱉었다.

"하 - 참, 기가 차서…. 저런 사람이 다…. 미칠 노릇이다."

그렇게 말하자 정희는 곁눈으로 나를 흘겨보았다.

나는 집사 때문에 나를 흘겨본 정희를 달래려고 했다.

"저를 생각해서 그러니까…."

그렇게 말하자 정희는 다시 고개를 끄덕이며 알았다는 표시를 했다.

시간이 흘러가면 갈수록 촛불은 더 극성을 부리며 힘차게 타오르고 있었다.

타닥타타탁타닥타닥타타타 -

20.
정희가 변심한 것도
모르고

집사와 있었던 일은 아무런 의미도 없고 울분이 터져 나올 뿐이다.

순간 몇 해 전 애란이로부터 비난받던 일이 떠올랐다. 그때의 일과 거의 흡사한 일이 술집에서 - 조심스러워하면서도 두렵고 떨렸다.

아니, 흡사하다기보다는… 집사란 사람이 무슨 죄를 졌다고 나 같은 사람에게 돈을 빌려주어야 할 이유라도 있단 말인가. 집사가 돈이 좀 많다고 해도.

"돈이 많은 건 자랑스럽고 대견한 일이랄 수 있지만, 괜히 세속적인 일을 들고나와 열을 올리는 건 한 번쯤 깊이 되새겨 볼 일이거든.

"우리 집에 피나무로 된 높은 바둑판이 있지요. 나는 하루종일 내기 바둑 두기를 즐겨 하지요."

마치 내가 언제 자기한테 돈 좀 빌려달라고 손이라도 한번 내민 적이 있었다는 듯.

그러니 집사란 인물도 좋은 인간은 못 돼. 우선 선수를 쳐 리드해 나가려고 했던 건 잘못이란 말이지. 말도 한마디 안 하고 입을 꼭 다물고 있는 사람에게. 더욱이 그러한 이유를 핑계 삼아 교회의 합리성이나 정당성을 드러내려고 했던 건 오류란 말이지. 병신은 병신 값을 하고, 집사는 집사 값을 하고. 그런 것이 조금도 이상할 게 없다는 말이지.

"데리고, 교회를 좀 같이 가시오." 했을 때 "아니, 그걸 어떻게 내가… 본인이 알아서 할 일이지." 그렇게 말하면 그만인걸.

나로서는 더 이상 무슨 방도나 탈출구가 보이지 않았던 거야… 무의식적으로, 아무런 의미도 없이 그저 한마디 내던져본 것밖에 없는데."

술과 여자, 종교와 결혼에 대한 얽히고설킨 말이 오가는 동안 나의 머리는 더 혼탁해져 갔고, 힘도 점점 잃어가고 있었다.

하루를 넘기지 않고 내친걸음에 불꽃을 다시 찾아갔다.

부모님에게 못다 푼 한풀이를 술집에 가서 다 풀고 있었다. 바깥에서는 주인 마담이 술 몇 병 갖다가 놓고 오래 시간을 끈다고 고래고래 아우성을 치고 있었다.

"이놈의 술집 폭탄을 터뜨려 다 날려버릴까?"

술에 취할 대로 취한 나의 기세는 점점 더 당당해져 가고 있었다.

꿈을 꾼다.

정희가 새로이 마음을 가다듬고 정숙한 태도로 냉정을 찾고 있었다. 하룻밤 사이에 무슨 비장한 각오라도 한 듯. 나는 그 무렵 정희가 다른 사람을 생각하고 있다는 사실을 까맣게 모르고 있었다. 그때까지만 하더라도 그녀가 '성 불구이기 때문이라고' 나와의 관계를 단념한 사실을 나는 잊고 있었던 것이다.

'술기분에, 홧김에, 그저 한번 내뱉어본 것뿐인데. 그걸 진담으로 듣고…'

나는 그렇게만 생각하고 있었던 것이다.

촛불은 타다 못해 이젠 펑! 펑! 펑! 거대한 소리를 내며 타오르고 있었다.

미닫이문을 열고 바깥으로 나왔을 때, 바깥에는 비가 내리고 있었다.

정희가 뒤따라 나오면서 "비가 오는데 우산도 없이…." 하고 걱정해 주는 척했다.

그날도 술을 좀 많이 먹은 나는 제자리로 와 멍하니 앞만 바라다 보고 있었다.

불꽃에 가서 무슨 일을 했는지조차 잘 알 수 없었다.

지칠 대로 지쳐버린 나는 그저 무감각하게 세월을 허비하고 있었다. 정희를 생각하는 마음도 생기지 않았고, 영영 버린다는 건 더욱 생각조차 하기 힘든 일이었다. 언젠가 정희가 찾아와 자기가 가고 있는 거처를 확실히 가르쳐 주었다.

"아무 데나 있는데 있지. 왜 그래……?"

약간 눈이 휘둥그레져 이유를 모르겠다는 듯이 비스듬히 엎드려 말했다.

정희가 담배 하나만 달라고 하자 얼떨결에 책상 서랍에 있다고 가르쳐주었다.

끝까지 남자의 콧대를 꺾어놓으려고 그러고 있었다. 아

니, 얼마 전부터는 결혼 상대가 아닌 남이라고 자처하는 것이다.

"파리 회관!"

그녀는 팔로 원을 크게 그려 보이면서 큰 술집이라고 쉽게 찾을 수 있도록 말해주었다. 정희가 세차게 문을 닫고 나갔다.

집사와 오고 간 대화에 충돌이 생기는 바람에….

하지만 생각해 보건대 그런 문제도 아니었다. 정희가 '파리회관'이라고 이미 말해 주었고, 나는 그녀가 파리회관에 있다는 걸 확실히 믿고 있었으며, 또 그렇게 알고 있었기 때문이다.

집사가 식당에서 "우리 형님도 불구입니다. 가지 말아요. 새 출발을 해요. 깊은 절망의 수렁으로 빠져 헤어날 길이 없을 테니." 하고 당부의 말을 해주고 있었다.

그런데도 나는 묻고 있었다. 그러면서도 집사의 마음을 떠보기 위해 일부러 모르는 척하고.

집에서 나오면서부터 계속 그런 식으로. 집사가 바보 취급하니 그럴 수밖에….

내가 무슨 말을 하고 있는데, 그는 밥을 먹고 물 한 컵을 마신 후 계속 말을 이어나갔다.

"같은 신자이니 말하는 건데… 크나큰 시련이 찾아올 겁니다. 충고하는데, 내 말을 명심해서…."

그 무렵에 나는 신자가 아니었다. 교회를 안 다닌 지 벌써 오래되었는데. 그럼에도 집사는 심각한 일이 찾아왔다는 듯 신중하게 말했다.

'그래도 믿고 찾아갔는데…. 그런 말이 오갈 바엔 차라리 찾아가지나 말 걸.'

나는 어이가 없어 말이 나오지 않을 지경이었다.

집사와는 충돌이 생겨야 할 아무런 이유가 없었다. 그런데 힘과 용기를 잃어가는 사람한테 힘을 실어주지는 못할망정 점점 더 실망스러운 말만 하고 있으니.

아직 힘이 많이 남아있는데도 거기서 그냥 주저앉아 버려야만 하는 걸까?

망설여지기도 했다. 그러는 동안 시간은 자꾸 흘러갔다.

알고 보면 집사를 찾아갈 아무런 이유도 없었다. 오히려 일을 그르치고 있었으니까.

그런 이유로, 정희가 있는 '파리 회관'을 빨리 찾아가지 못했던 점.

왜 그렇게 잔뜩 뜸을 들였는지…. 늑장을 실컷 부리다가 하루는 편지를 써서 전해달라고 성국이에게 부탁하고 있었다. 그녀가 있다고 한 파리회관에 갔다 온 성국이가, 이상한 소리가 들리더라고 하면서 크게 상심하는 눈초리를 했다. 열차를 타고 같이 가면서 그는 나를 보려고 하지 않았다.

그 무렵 이미 알고 있었으면서도 눈치를 보이지 않으려고 애를 먹고 있었다.

성국이는 슬퍼했다. 홀로…. 눈물을 보이지 않으려고 뒤로 돌아서서.

"형이 부러워…."

불꽃에 한번 같이 가자고 졸라대던 성국이. 언제부터 술 한잔 같이 하자고 졸라대던 성국이.

뒤늦게 정희와 성관계를 하겠다고 마음을 먹고 찾아갔을 때, 이미 그녀는 다른 사람의 여자가 되어 있었다.

정희가 놀라 묻고 있었다.

"언제…? 몰라…."

나는 어두운 불빛에서 정희가 다른 사람과 정통하고 다시 내게로 돌아올 수 없음을(그녀의 눈동자는 이미 핏기를 잃어가고 있었다) 그녀의 눈동자에서 읽을 수 있었다.

"야- 이년아!" 하고 소리치다 꿈에서 깨어났다. 나는 한동안 정신이 몽롱하여 아무 말이 없었다.

주위를 한번 살피더니 고단했던지 다시 쓰러져 잠을 재촉한다.

순간 어찌 되었건 내게 다시 돌아오려고 했다. 그러나 사실을 숨길 수는 없었다.

이미 때는 늦었지만, 나는 무의식적으로 마지막까지 최선을 다했다.

써둔 일기장을 갖고 어두운 밤길을 헤매고 갔다.

일기장이 정희에게 전달되기는 했지만….

첫 장을 연다. 그러다가 우선 책장을 한 장, 한 장, 천천히 넘겨본다. 다시 눈길을 돌려 글자 하나하나에 초점을 맞추고 읽어 내려간다. 돌려주기가 민망했는지 일기장을 불살라버린다.

내게 주어진 길은 어둠의 늪뿐.

아- 가슴이 답답하다.

허탈한 심정을 억누르고 한 번 더 써야지. 심장의 검은 피가 거꾸로 흐를지라도, 어둠의 강을 건너 가을 하늘과 같이 높고 찬란한 내일을 위해.

마침 나뭇잎 하나가 방을 굴러든다. 낙엽수의 오크나무의 잎이다.

잠에서 깬 나는 그나마 홀가분했다.

21.
꼽추가 거침없이
가볍게 난다

겨울바람이 거세다. 나는 그날도 사이드카를 타고 일터로 나갔다.

"얘야, 춥지 않니?"

승연이가 걱정스러운 듯 말했다.

"아, 아니, 괜찮아."

바람을 피하기 위해 벽에 몸을 가리고, 연탄불 하나 피워 놓고 움츠려 도장을 판다. 한 푼이라도 더 벌기 위해 옆의 경쟁자와 실랑이를 벌인다.

"그러지 말고. 조용! 조용히 해."

승연이가 조심스럽게 말했다.

싸움이 격해질 듯하더니 같은 편이 밀려들고 얼마 있다 꼽추가 한몫 끼어든다.

한참을 꼽추와 말다툼을 벌인다. 경쟁자의 편을 들고 나서는 꼽추의 눈을 손등으로 갈기자 곧바로 꼽추가 눈을 때린다.

순간 내 눈언저리가 터져 피가 흘러나오기 시작하고, 피는 연거푸 흘러 어느새 벽을 온통 붉게 물들인다.

"그것 봐. 과격하게 그러니 싸움이 커지잖아. 이 일을 어쩌나…"

승연이가 놀라 다급하게 말했다.

"저리, 가! 가! 가란 말이야! 넌 참견하지 말란 말이야!"

피를 보더니 신이 난 꼽추가 자기를 과시하듯 겁없이 난다.

"훗날 보자! 너 죽인다!"

꼽추가 거침없이 가볍게 난다.

주위에서 번개가 이는 듯하다.

※ 1985년경 시골 광산 지대에서 있었던 일

22.
한문 좀 안다고
유식한 척하는 용수

나는 어릴 적부터 소꿉친구였던 영동이와 얼마 동안 이런 얘기를 하고 있었다.

"용수나 나나 다 노상에서 도장 파는 가엾은 신세인데, 용수는 그 잘난 한문 좀 안다고 얼마나 유식한 척하는지 몰라! 그런데 영동이 너 말이야! 용수처럼 그렇게 유식한 척해서는 안 된다. 알았지? 네 실력이 어느 정도 되는지 한 번 테스트해 볼게."

國. 中. 高. 大.

"한 번 읽어봐."

"나라 주. 기둥 중. 높을 고. 큰 소."

"에잇! 바보천치 같은 녀석! 그렇게 쉬운 글자도 모르면서…. 용수는 다 아는데…" 하니, "용수가 더 유식해, 내가 더 유식해?" 하고 영동이는 야무지게 머리를 꼿꼿하게 세우고 따지듯 덤벼들었다.

"따라 읽어볼래? 나라 국, 나라 국. 가운데 중, 가운데 중. 높을 고, 높을 고. 큰 대, 큰 대. 이제 알았어?"

나는 주전자에 물 한 컵을 따라 마시고 다시 말을 이어 나갔다.

"우선 글자의 생김새부터 잘 살펴보렴. '國'은 몸통이 굵고 뭔가 무게가 있어 보이지? '中'은 전체적으로 몸통이 왜소하고 누가 한 번 '툭' 치면 금방이라도 쓰러질 것만 같잖아? 두 팔과 한 짝 다리가 없어 다리 하나로 뻗치고 서서 '껑충껑충' 가는 사람의 모습을 상상해 봤니? 다음으로 '高'는 상체는 좀 외소해 보여도 하체가 튼튼하고 믿음직스럽지 않니? 정상적인 사람의 모습처럼…. 마지막으로 '大'를 한 번 눈여겨 살펴봐. 갈보가 가랑이를 벌리고 잠자고 있는 모습과도 같지?"

영동이는 눈이 휘둥그레져, "그러고 보니 정말 그렇구나!" 했다.

"'나는 國民學校도 졸업 못했지만 너는 잘난 中學校나 나왔다고 으스대는 게 꼴볼견이라고.' 언젠가 도장 파는 용수한테 國民學校도 다니지 못한 일자무식이라고 했을 때 용수는 무엇이 그렇게 한이 되었던지 내게 그런 이유를 들어 공격을 해오곤 했지."

"다시 생각해봐도 中學校를 졸업했다는 건 왠지 모르게 쑥스럽고 부끄럽거든. 떳떳하지 못하단 말이야!"

그럼에도 나는 같은 말을 되풀이하고 있었다.

"절름발이도 아니고 나무지팡이도 몸에 걸치지 않고 외다리로 '껑충껑충' 가는 사람의 모습을 상상해봤니? 얼마나 우습게 보이니. 용수는 내가 中學校 밖에 나오지 못했다고 비웃고 있었지. 그때 용수와 있었던 일을 생각하면 죽을 때까지 잊혀지지 않을 것 같아. 高等學校를 졸업하지 못할 바에는 차라리 國民學校를 졸업하던지, 國民學校도 다니지 않는 게 더 나았을 걸.

난 그때 용수한테 그런 치욕을 당하고 얼마의 세월이 흐른 뒤 '로얄' 다방에 오지영을 만났지. 처음 그녀를 만나면서부터 실수를 연발해 결국은 오지영과 영영 헤어지고 말긴 했지만. 만약 그런 일이 없었더라면 그녀와 백년가약을 맺을 수 있었을지도 몰라. 난 여태까지 여자와 사귀어도 학력 같은 건 얘기해 본 적이 없었거든.

용수는 大學 졸업자보다 고졸을 더 부러워했지. 실제 졸업장도 없으면서 무슨 혼사 때나 여자를 만날 적엔 高等學校를 졸업했다고 하면서 술을 먹고 신세타령을 하는 게 아닌가. 그러면서도 지는 진실하다고 자기 자랑을 하는 거야!

만약 그 정도로 끝냈어도 말하진 않았을 거야. 용수는 사람들과 같이 어울려 다니면서 끝까지 날 비방하고 비웃곤 했지. '高等學校도 나오지 못한 주제에 大學에 간다나?' 하면서. 언젠가는 용수를 공격하기는 해야겠는데, 어떤 식으로 해야 할지 몰라 나 혼자 고민하고 있었단 말이야. 그러니 마음으로나마 불쌍한 나를 동정해 주지 않으련?"

영동이는 내 말을 다 듣고, 억울하고 분하여 어쩔 줄 몰라 했다.

23.
결혼식까지
올렸으나

　어느 날 우연히 찾아온 아버지의 고향 친구인 한승인 씨가 며칠 후 중매쟁이를 데리고 와 색싯감을 선보여주겠다고 했다. 나는 부모님과 다른 사람의 주선으로 장가를 들게 됐으며, 성대하게 결혼식까지 올렸다. 그러나 그녀는 알아볼 수 없는 상이었으며 귀신 코딱지 같은 여자였다. 술에다 담배에다 속병까지 있는 형편없는 여자였다.

　장가는 아버지가 가시는 것 같은 느낌을 주었다. 아버지는 혼자 좋아하며 들락날락했다.

　결국 그녀는 한 달여 만에 가고, 금전만 탕진했다고 아버지는 자식을 때리기까지 했다.

이를 계기로 우리는 지긋지긋한 시골을 떠나 경기도 성남으로 이사를 왔다.

어느 날부터 한승인 씨 아들의 인도로 천주교 성당을 나가기 시작했다.

지긋지긋했던 지난날의 삶을 생각하니 "교회가 다 뭔데…" 하는 비관적인 소리만 흘러나왔다. 한승인 씨의 아들은 "천주교는 개신교와는 다르니…" 라고 하면서 교리반에 나가 교리를 받는 방향으로 일을 진행해 나가려고 했다. 나는 죽어도 나가기 싫은 교회를 그이의 사정에 못 이겨 하는 수 없이 나갈 수밖에 없었다.

처음에는 그런 생각이 들었지만, 세월이 흘러가면 갈수록 점점 생활에 변화가 찾아오는 게 아닌가!

침체된 삶 속에서 조금씩 생기를 되찾아가고 있었다.

천주교 신앙생활로 인해 나는 다시 제2의 인생을 맞이하고 있었는지도 모른다.

24.
도회지로 이사 온 이후
여러 일들을 겪다

나는 가끔 공예품 만드는 사람과 만나 이런 얘기 저런 얘기를 하기는 했지만, 그날은 좀 신중한 말을 털어놓고 있었다.

그 사람은 다리가 불편한 사람은 그런 일이 적합할 것 같다면서 말을 계속했다. 그리고 "커피나 한 잔 하겠소? 결혼은 했소?" 하고 물었다.

"결혼이고 뭐고 엉망진창이 되어서…. 시골서 온 지 얼마 되지 않았어요. 처음부터 그런 일을 지금까지 쭉 해왔다면 몰라도…. 뭐, 우리 같은 사람한테 적합한 일 같기는 하오만. 아무튼 말만큼은 고맙소. 난 모든 걸 다 포기한 사람이오. 이런 얘기하면 기분 언짢아하실지 모르지만, 다 실패한 사람이 무슨 일을 하나 제대로 하겠소. 지금 하고 있는 일도 제대로 못해 쩔쩔매고 있는데."

그 사람은 남의 말을 신중하게 듣고 있다가 "지금 하고 있는 일이 뭐래요." 했다.

"도장 파는 일을 좀… 가뭄에 콩 나듯이 하루에 열 개 정도 파먹고 살 뿐이래요."

그는 고개를 끄덕여 보이더니, "도장도 예술성이 있는 일이지요."라면서 공예품 만들어 공장으로 보내면 월수입이 이백만 원 정도 된다고 하는 말에 나는 넋을 잃은 듯 듣고만 있었다.

"앞으로 일주일 정도 지나면 성당에서 체육대회가 있는데, 그날만큼은 빠지지 말고 꼭 참석해야지." 하고 그날이 빨리 오기를 고대하고 기다렸다. 날씨는 춥지도 덥지도 않은, 그래도 비교적 화창한 날이었다.

나는 사이드카를 타고 신바람 나게 돌아쳤다. 성당 마당을 '뺑뺑' 돌아보기도 하고 속도를 내 왼쪽으로 급커브를 꺾어 보면서 빠르게 달려보기도 했다.

소녀라고 부르기에는 뭣하고 19세~20세 정도 되어 보이는 앳된 처녀가 멀찌감치서 예리하게 실눈을 뜨고 나를 바라보고 있었다.

"나는 늘 자신을 불구라고 생각해 본 적이 없고, 오랜 세월을 그렇게 살아왔다."라고 한 말을 그녀가 되씹으면서 그런 모습을 하고 있는 듯싶다. 다만 부정한 사회, 예배당, 성당을 생각할 때면 서글픈 생각이 든 적이 많다고 얘기했을 뿐이다.

체육대회가 끝나고 사제의 축사가 있었다. 식이 끝나고 신자들은 다 같이 손을 들어 사제에게 경의를 표시하는 박수를 보냈다.

사람들은 떼를 지어 곳곳에서 음식을 나눠 먹고 술을 나누기도 했다.

경사스러운 날을 맞이했는데도 사람들이 내게 술과 음식을 많이 갖다주지 않는다고 혼자 불평과 불만을 늘어놓고 있었다.

그러자 한 자매가 그것을 곧 알아차리고 나에게 정성을 쏟아부었다. 글라스에다 소주 한 잔과 음식을 담아 주었다. 그리고 사진도 찍었다. 사진이 나오는 대로 갖다주려는 심사인 듯하다. 나는 기분이 무척 좋았다.

예배당에서 성당으로 자리를 옮기려고 하는 데는 나름대로 이유가 있었는데… 나는 예배당에 비해 성당에 훌륭한 신자들이 더 많았으면 하고 속으로 은근히 바랐다.

나는 아마 여러 가지 일로 성당에 대해 섭섭한 생각을 하는 중이었던 것 같다.

나는 자매가 갖다준 술을 먹고 기분이 좋아져서 일환이를 찾아갔다. 일환이는(일환이, 신홍여관 주인, 그리고 나는 신체적으로 거의 같은 입장이다) 마룻바닥에 드러누워 낮잠을 자고 있었다. 나는 잠자고 있는 일환이를 깨웠다.

일환이는 친구가 찾아와 주었다고 기뻐했다.

"오늘 성당에서 아주 기분 좋은 일이 있었어. 한 자매가 술과 음식을 갖다주고 사진도 찍어주더라."

나는 성당에 나가고 있는 자신이 자랑스럽지 않느냐는 듯 으스대면서 말했다.

일환이는 누워 있다 재빨리 일어나, "그래, 그래서 기분이 좋았다는 말이로구나." 했다.

다른 때 같으면 술 사주기를 바라지도 않고, 그래서 별로 탐탁히 여기지도 않았지만 그날따라 나의 즐거워하는 모습을 보고 덩달아 즐거워했다.

"오늘은 내가 술 한잔 사줄게."

내가 모처럼 그렇게 말하자 일환이는 잘 믿어지지 않는다는 듯 한동안 물끄러미 나를 지켜보고 있었다.

'이게 왠일이란 말인가. 살다 보니 별일 다 보겠다.'는 듯 기쁨과 환희가 금세 그의 마음을 온통 휩쓸다시피 했다. 나는 일환이를 데리고 식당으로 갔다. 일환이는 예전에 서당을 다닌 적이 좀 있었는데, 그때 한문을 배웠기 때문에 고사성어를 좀 알고 있다고 자랑했다. "넌 도장만 팠기 때문에 글씨는 예쁘게 잘 쓰고 그릴 줄은 알아도 고사성어는 잘 몰라." 하고는 고사성어를 쭉 써놓고 풀이해 보라고 했다.

나는 속으로 '일환이의 말도 맞아.' 하고 고개를 끄덕여주었다.

오늘 하루야말로 뜻깊은 날이었다고 나는 생각했다.

나는 일환이를 찾아가 예전과 다름없이 여러 차례 같은 일을 되풀이하면서 세월을 보냈다. 여관 주인이 못된 짓을 일삼고 있는데도 일환이는 유원지나 호프집으로 따라다니면서… 그날도 나는 일환이와 술을 먹고 어두컴컴해질 무렵 자기의 자리로 돌아왔다.

그런 일이 있고 며칠 후, 자매가 사진을 갖고 내가 거처하는 곳을 사람들한테 물어물어 찾아오는 중이라고 했다. 나는 일을 미리 계획해둔 건 아니지만 느닷없이 들이닥친 자매를 향해 말하기 시작했다.

그날도 나는 술이 좀 취해 거창하고 위엄 있게 "지금 내가 불구인 두 사람을 성당으로 인도하고 있는 중입니다." 하니, 자매는 내게 가까이 다가왔다. 나는 대뜸 책상 서랍에서 써두었던 산문을 꺼냈다. 그리고 대충 산문을 들춰 보여 주었다. 자매는 시선을 흐트리지 않고 집중해 내가 책장을 하나하나 자세히 들춰 보여주는 것을 유심히 지켜보고 있었다.

한참 있다 자매는 "그 책, 내가 한번 읽어보면 안 돼요?" 하며 신통하다는 듯 천천히 물었다.

"물론. 이 책은 아무한테나 보여줘서는 안 되는 책이지요."

나는 책을 거두고 "내가 쓴 책 자체가 복음입니다. 유년 시절부터 '욥기'를 자주 읽어오곤 했지요. 단숨에, 단 며칠, 몇 주, 몇 달 만에 많은 양을 한꺼번에 읽었다는 게 아니고, 지금까지 살아오면서 일정기간을 두고 조금씩 조금씩 오랜 기간 동안 읽어왔기 때문에 머릿속에 - 해서 자기의 책이…. 그리고 '욕기'와 관련된 서적을 많이는 읽지 못했지만 읽을 만치 읽어 잘 알고 있지요. 지금은 공부를 조금씩 하고 있어요. 방송통신대학교에 입학하고 싶은 생각도 조금 있고요."

나의 말이 다 끝날 때까지 그녀는 아무 말 없이 내가 하는 행위를 유심히 지켜보고 있을 뿐이다. 나는 잠시 쉬었다 다시 말을 하기 시작했다.

"사제가 새로 부임하고 얼마쯤 있다가 고해성사가 있었던 거 기억하죠?"

그녀는 고개를 끄덕였다.

"그때 난 예전에 부모님의 속을 많이 태웠다고 자기의 죄를 고백한 적이 있었습니다. 아무리 자기의 행위와 사고가 정당하다고 하더라도 부모님의 속을 많이 태운데 대해서는 변명의 여지가 없지요. 그런 일이 있은 후, 어느 날 미사 시간에 사제가 이런 강론을 한 적이 있었지요?"

"무슨 강론이었죠?"

자매는 기억이 나지 않는다는 듯 한참 뜸을 들이다 간신히 말문을 열었다.

"얘기해 봐요."

"'도마란 사람은 자기가 아버지를 떠난 게 잘못이었다는 걸 깨닫고 다시 아버지의 품으로 돌아갔습니다.'라고 사제님이 말씀해 주셨지요? 그때 사제의 강론 중에 그런 얘기를 한 건 바로 날 들으라고 그러는 거 같았어요. 그러고서 미사시간이 끝나갈 무렵, '자기의 잘못을 깊이 반성하고 앞으로는 다시 죄를 짓지 않도록 노력하시기 바랍니다.'라고 사제가 하신 말씀을 기억하고 있느냐는 말입니다."

마리아 자매는 그런 적이 있었던 거 같다고 답변했다.

나의 말이 다 끝나기 무섭게 마리아 자매는 급히 발길을 돌려 집으로 갔다.

"앞으로 사제의 말씀을 잘 새겨 듣고."

승연이가 말했다.

다음 날 날이 밝아서 다른 자매 한 사람이 내게 찾아왔다. 술을 마시고 책을 보여주면서 몸을 흔들어대기에 꼭 타락한 사람 같더라고 마리아 자매가 사제한테 얘기해준 모양이다. 그래서 무슨 영문인지 잘 알 수 없어 다시 한번 확인하기 위해 딴 사람을 보냈을 거라고 생각하고 있었다.

"중학교 때 같은 학교의 여학생(예배당 출신)과 '불꽃' 술집 여자."라고 얘기해주자 그녀는 무슨 말인지 알았다면서 이내 돌아갔다. 그런 일이 있고 얼마쯤 지나 또 한 차례 고해성사가 있었다. '욥'이라는, 좀 별다른 이름을 가진 나를 사제가 눈여겨보고 있었던 모양이다. 고해성사를 보면서 "내가 도와줄 일이 있으면 좀 돕고 싶다."라고 사제가 말씀하셨다. 그리고 나서 '별로 대수로운 일은 아니지만 그래도…'라는 생각을 하는 듯 다시 말을 이어나갔다.

"사람이 보는 앞에서 술을 먹고 몸을 휘청거리지 말아요. 꼭 타락한 사람 같다고 하니."

'머지않아 예수님의 제자로 뽑을 생각이니.'

사제가 그런 생각을 하면서 내가 가는 길을 열어주려고 했다.

인류 역사상 가장 위대한 사람이… 세례자 요한! 예수님보다 더 위대한… 어떻게 예수님이 세례자 요한의 발을….

나는 먹고살 일이 마땅치 않아 좀 아래로 내려가 노점을 보기 위해 터를 닦고 있었다.

'뭐니 뭐니 해도 노점상이 속은 편하거든. 금전 떨어졌을 때 당장 나가면 또 금전이 생기니…'

나는 날이 좀 화창하고 좋은 날엔 노점상을 차려놓고 신문과 책을 들고 나가 그것들을 보면서 장사했다. 노점상인들 중에는 술 권하는 사람들도 있고 해서 좀 처진 아랫마을로 갔는데 조용히 책을 보면서도 금전을 심심찮게 벌었다.

그럴 즈음 성당에서 한 사람이 쫓아왔다.

"도장 파려고 온 게 아니고, 내일 밤 미사에는 어떠한 일이 있어도 성당에 꼭 나와야 됩니다. 그날만큼은 모든 신자가 다 모여들고, 사제가 오른쪽 발을 씻기는 행사가 있으니 발을 깨끗이 씻고 나오기 바랍니다."

그 형제는 신신당부를 하고 나오지 않으면 안 된다는 말을 몇 번씩이나 되풀이하고 갔다.

나는 결혼식 때와는 달리 신사복과 넥타이를 매지 않고 깨끗한 잠옷을 바꿔 입고 성당으로 갔다. 어느 때와 달리 많은 신자가 나와 성당 안을 꽉 메웠다. 사제가 마침 잘 나왔다는 듯이 나의 오른팔을 만져주었다.

나는 사람들 사이를 비집고 안으로 들어갔다. 얼마 후, 열두 사람을 제단 앞에 나란히 앉혀놓고 세숫대야에 물을 떠 한 사람씩 발을 씻겨주었다.

그 열두 사람 중에는 나도 섞여 있었다. 그 사람들은 예수님의 열두 제자였다.

사제는 그들의 발을 다 씻기고 나서 초대 교회 당시 예수님의 열두 제자는 불구가 있는 자와 아픈 자와 가난한 자들에게 사랑을 몸소 실천해 보여주시고 복음을 전했다고 했다. 의식이 끝나고 사람들은 하나씩 하나씩 성당 바깥으로 빠져나갔다.

나는 오늘 중요한 행사를 치렀다고 생각하면서 천천히 성당을 나와 제자리로 와 잠을 잤다.

아버지가 하시는 인삼 장사로 그런대로 밥을 먹고 살아왔으나, 가건물이기 때문에 헐린다고 가족들은 야단법석을 떨었다.

아버지는 다른 데서 다시 장사를 시작하면 밥은 먹고 살 수 있다고 호언장담을 했다. 전화벨이 울렸다. 수화기를 들었더니 어머니의 떨리는 음성이 전화 줄을 타고 울렸다.

"걱정하지 말아요. 이 근처에 조그마한 가게 하나가 나타났으니. 세가 비싸지 않아 밥은 먹고 살 수 있을 거래요. 권리금이 조금 비싸기는 해도."

그냥 내버려 둬도 될 텐데 아버지는 수다를 떨면서 점포를 계약하느라 야단법석을 떨고, 먼 데를 쫓아다니면서 들락날락했다.

가운이 기우는 듯 불안했다. 동생은 외항선인지 뭔지 타다 신경성질환에 걸려 인간 구실도 제대로 못했고, 나는 아버지의 극성스러운 성화에 지쳐 버렸다.

하지만 자기 자신을 위해, 가족을 위해, 그리고 가톨릭 성당의 명예를 위해서라도 앞으로는 더 열성적으로 신앙생활을 하고, 열심히 살아야 한다고 다짐했다.

지난날 있었던 괴로웠던 일은 세월이 흐를수록 물거품처럼 사라질 것이라고 생각하고 있었다. 나는 시간을 정해놓고 기도했다. 가톨릭신문도 열심히 읽었다. 그래도 명절이 되면 집에 갔다. 아무리 아버지가 웬수같이 느껴져도 일 년에 두세 번 정도는 집에 갔다.

"여보, 내가 무슨 죄를 많이 지었나 봐요."

"내가 죽일 년이지요."

아버지와 어머니는 신경성질환에 걸린 동생을 생각하면서 슬픈 얼굴로 그런 얘기를 주고받았다.

"난 걔가 정말 그럴 줄 몰랐어."

가장 가깝게 느껴지는 승인 씨 아들한테 어머니는 사실을 털어놓곤 했다. 그리고 또 다른 가까운 친지를 보면 붙

잡고 늘어져 눈물을 글썽이곤 했다. 그나마 하나 남아 인간 구실한다고 하는 큰아들은 처갓집 돌볼 줄만 알았지 부모는 대수롭지 않게 여겼다.

나는 지난날과 마찬가지로 별로 할 일이 없을 때는 일환이에게 찾아갔다. 일환이나 나나 마주칠 적마다 먼저 술 생각이 났다.

물론 나 자신도 개만큼 술을 좋아하는 편이지만, 집안이 비탄에 빠져있는데 어떻게 그런 애하고 술이나 먹고 앉아 흥청망청 대면서 태평한 세월을 보낼 수 있을까.

"아, 아니야! 술을 사겠다는 성의는 고마운데 사양하겠어. 아직 점심도 먹지 않았어. 밥이나 시켜봐. 같이 식사나 하지 뭘… 식대는 내가 줄게…"

매일 술로 연명하다시피 하는 일환이는 하는 수 없이 밥을 시키고 있었다.

우리 두 사람은 다정하게 밥을 먹으면서 얘기를 주고받고 있었다.

"앞으로는 자주 올 수 없어. 나는 짐이 무거운 사람이거든. 할 일도 태산 같고. '신흥여관' 주인 그 사람은 멀리하는 게 좋을 거야. 언제 차라도 사면 그때는 꼭 찾아올게. 지금 당장은 아니더라도 언젠가는 성당에 같이 나갈 날이 있을 거라고 약속한 적이 있잖아. 그럼, 차 사면 그때는 같이 가는 거다!"

일환이는 아무 말이 없다가 "그러자. 차 사면…." 하고 간신히 말했다.

"만약에 여기 있다 다른 데로 자리를 옮기거나 이사를 하게 되면 연락해주기 바란다. 전화번호 알고 있지?"

일환이는 좋으면서 일부러 "너 같은 놈은 딱 귀찮다!" 하고 별로 대수롭지 않게 여기고 있었다는 듯 '툭' 내뱉고 있었다. 나는 일환이와 점심을 같이 먹고 천천히 기거하는 곳으로 갔다. 밤이면 천막을 쳐놓고 밤이 새는 줄도 모르고 술을 마시는 사람들이 엄청 눈에 띄는 반면, 술을 먹지 않고 그냥 보내는 사람들은 별로 눈에 띄지 않았다. 나는 밤이면 커튼을 쳐놓고 공부했다.

그러다 불현듯 일어나 앉아 푸념을 했다.

'오래지 않아 우리에게도 살기 좋은 세상이 올 거야!'

나는 그런 생각을 하면서 다음 날 다시 일환이한테 찾아갔다.

"너나 나나 똑같은 신세! 통풍도 잘 되지 않는 어두침침한 마굿간 같은 데서 이렇게 날마다 살 수만은 없잖아. 오래지 않아 김대중 씨나 김영삼 씨가 민주화를 실현하는 날이 오고야 말 거야. 그때는 아파하는 사람도 없고, 잠잘 곳이나 먹을 것이 없어 신음하거나 걱정하는 사람도 없을 거야! 진정으로 우리 같은 빈민들도 사람답게 사는 날이 올 거야. 5·18 광주 항쟁은 너무 엄청난 상처를 우리에게 주었으므로 여기서 얘기를 그만두도록 하자. 그분들이나 다른 사람들의 희생이 없었다면 민주화운동은 일어나지 않았을지도 몰라. 우리는 고인들이나 그분들의 고귀한 넋을 기리고, 그분들의 영전에 머리 숙여 기도해야 돼…"

나는 말을 끝내고 긴 호흡을 한번 했다.

내가 여관주인 말을 꺼내기 무섭게, "그 새끼 나쁜 놈이야! 나도 뱅신이지만… 날 모터사이클에 태워 끌고 다니면서 술을 하두 먹여 내 얼굴을 이렇게 쭈글쭈글하게 일그러지게 한 놈도 바로 그 새끼였거든."라며 일환이가 말했다.

내가 일환이에게 충고하듯 "네가 여자들한테 팔려 돌아치니 그렇게 술을 먹였지. 남 탓 할 게 뭐가 있니." 하고 말하자, 일환이는 지지 않겠다는 듯 "너 맨처음 나 만나기 전에 그 새끼가 날 골탕 먹인 것 일일이 다 얘기하려면 끝이 없어…" 했다.

25.
사제에게(신부님)

신부님! 그동안 어떻게 보내고 있으신지 궁금합니다.

그러고 보니, 신부님께서 본당을 떠나신 지도 벌써 두 달이 지나고 있습니다.

그래서 낮에 한 번, 밤에 한 번 드리는 미사 시간에 빠지는 날 별로 없이 두 번씩 같은 내용의 미사에 참석하곤 했지요.

그도 그럴 것이, 오래전에 이미 분실되었던 이탈리아의 시인이 쓴 『보람 있는 그날까지』, 또 이어령 교수가 쓴 구약성서 '욥기' 외 여러 책이 다 분실되어 아주 없어졌기 때문에 성당에 기증하지 못한 일이 못내 마음에 걸렸습니다. 저의 자식보다도 더 소중하게 다뤄오던 책을 말입니다.

그런 책이 오래전에 분실되긴 했지만, 만약에 그런 책이 없었다면 전 지금 성당에 입교하지도 못한 채 밤낮 집에서 허무한 나날을 보내고 있을 거라는 생각을 하니 아찔합니다.

하루는 막연하게 이런 생각 저런 생각을 하다 누구누구에게 편지나 써 보내야겠다는 생각을 하고 이렇게 두서없는 글을 쓰게 됐습니다. 전 신부님께서 관심을 갖고 일일이 보살펴주신 덕분에 이렇게 열심히 살아가고 있습니다. 특히 다른 신자들보다 불구인 사람들에게 더 많은 관심을 나타냈던 신부님을 생각하면 경외심이 생겨 저절로 머리가 숙여지곤 했습니다.

다른 어느 계절보다 무더위가 기승을 부리는 이 시기, 지금은 이태원 성당에 계실 신부님은 예전과 마찬가지로 불구인 사람들에게 일일이 관심을 보이심과 동시에 신자 전체를 위해서도 힘쓰시느라 얼마나 수고가 많으신지요. 몇월호인가 「가톨릭 다이제스트」에 실려 있는 신부님의 글을 읽고 저는 마치 신부님을 만난 것처럼 반가워 글을 읽고 또 읽었습니다.

한참 읽어 내려가다 신부님의 독특한 개성이 나타나 있는 문체를 발견하고, 이름을 보지 않고도 신부님이 쓰신 글이라는 걸 금시 알아볼 수 있었습니다. 이런 기회에 한 편의 편지가 무의미한 글이 되지 않고 교회에서 있었던 일들로 인해 새로운 세계가 열리는 좋은 계기가 되기를 바라는 마음입니다.

지금 이 땅 위에는 몇 명쯤 되는 그리스도인의 무리가 있으며, '참으로 나는 성자다운 삶을 살아가고 있다.'라고 말할 수 있는 그리스도 신자의 수는 몇 명쯤 되는지 알고 싶습니다. 신부님이 떠나가시고 성당은 허전하고 서늘하다 못해 슬픔으로 다가오고 있었습니다. 세상은 부도덕한 일로 가득하고 부도덕함 때문에 사람들은 슬픔에 빠져 허우적거리는가 봅니다. 특히 신자들에게 있어…. 신자들은 사랑보다는 명예심만 자꾸 자라간다는 말씀에는 저도 공감했습니다만, 그것이 사실이라면 저희의 교회는 그야말로 발붙일 곳이 어디 있겠느냐는 말씀입니다.

신부님이 교회를 사랑하는 마음은 무엇에 비길 데 없겠지만, 만사가 한두 사람의 힘만으로 쉽게 이루어지는 법은 없는 듯합니다. 저는 슬픔과 절망에 빠진 적도 물론 있었습니다. 불구라는 아픔보다, 세상의 부도덕한 일들을 목격할 때 뼈를 깎는 듯한 고독과 슬픔이 먼저 엄습해오곤 합니다. 부도덕한 세상이라고 크게 소리 내어 함성을 쳐봤자 세상은 조금도 요동치지 않고, 아우성치는 소리만이 허공을 가르다 언제 그런 일이 있었냐고 비웃기라도 하듯 '뱅뱅' 맴돌다 산산이 흩어져 사라집니다.

그럴 때면 전 전신에 힘 빠지고 넋을 잃은 뒤 그저 주저앉아있을 뿐이지요.

어느 날 미사 시간이 끝나고 친목 회의가 있어 신자들과 같이 식당에 갔던 적이 있었습니다.

성당을 수십 년 오래 다녔다는 사람 중에는 예수님의 제자를 비웃고 시기하는 사람도 더러 있었습니다. 이 시각 편지 말씀으로 부정하고 불의한 신자들에 대해 꼬집거나 비틀고 싶은 마음은 조금도 없습니다. 신부님이 본당에 부임하여 미사 강론 하던 중에 같은 형제자매들은 서로 시기하거나 다투어서는 안 된다고 한두 번 말씀하신 적이 있었습니다.

그런데 현실은 그렇지 못했습니다. 신부님이 바라고 많은 신자가 기대했던 것과는 영 달랐습니다. 제가 알게 된 것은 소수의 몇몇 옳지 못한 부정하고 불의한 신자에 의해 교회의 이름이 더럽혀지고, 소문이 멀리 퍼져나갈 수 있다는 것입니다. 신자들 중 몇 안 되는 사람은 개인의 명예나 자존심 같은 것 때문에 교회의 위상을 떨어뜨리고 스스로 자멸의 길을 가게 되는지도 모릅니다.

한 자매가 제게 술을 자주 따라주었습니다. 전 술을 주는 자매가 그렇게 좋을 수 없었습니다. 정말 기쁘고 반가웠습니다. 전 술을 자주 받아먹는 대신 말도 없이 조용히, 그리고 얌전하게 앉아 있었습니다. 그런데 성당을 오래 다녔다고 과시하던 좀 늙은 형제가 평상시 내게 무슨 감정을 갖고 있었는지 비뚤어진 행위를 하는 것이었습니다.

식사가 끝나갈 무렵, 한 자매가 자리에서 일어서고 있었습니다. 그 여인은 바깥으로 나가려고 발걸음을 옮겨 놓으려고 하고 저는 태연하게 그 모습을 지켜보고 있었지요. 무슨 이유가 있어서는 아니었습니다. 그런데 맨살 아랫다리를 정신없이 보고 있다는 듯이 야유 섞인 언사를 하고 있는 게 아닌가요? 그러자 사람들은 모두 자리에서 일어났습니다. 더 길게 쓰고 싶지 않습니다. 저는 예배당에 다닐 적보다 더 큰 절망을 느꼈습니다. "아무리 평신도라고 하더라도 할 농담이 따로 있고 할 말이 따로 있는 법입니다. 그것도 가톨릭 성당에서. 신자는 신자다운 면이 있어야 되는 것입니다." 성당을 거룩하게만 생각했던 저의 커다란 기대는 여지없이 무너져 내리는 것 같았습니다.

또한 신부님은 개신교의 특징에 대해서도 자주 언급하곤 하셨습니다.

"여러분은 남의 약점을 잡기 위해 성당에 나옵니까? 개신교에서는 잘하고 있습니다. 그러나 그들은 남의 약점을 잡기 위해 예배당에 나온다고 합니다. 사실입니다. 통계로 발표된 적이 있었습니다."

저는 이런 기회에 신부님께 꼭 말씀드리고 싶은 게 있습니다.

"학교 때 동창인 애란이가 어느 날 제 약점을 찾아 공격해 오던 때를 잊지 않고 있습니다."

신부님이 열정적으로 그런 강론을 하던 때, 지금도 그때의 신부님의 음성이 제 귓전에 쟁쟁하게 들려오는 듯합니다.

여름 한철을 맞아 성남 집으로 와 신부님께 편지 쓰고 있습니다.

아버지와의 엇갈린 사고와 자신의 나태함 때문에 전 영영 고행의 길을 자초했는지도 모릅니다. 전 시골서 너무나 많은 시간을 탕진했던 것 같습니다. 시계인장업은 제자리에서만 '뱅뱅' 돌다 별 신통한 결과도 보지 못하고 그대로 끝나버렸습니다. 술집 여자와 한 2년쯤 잘 사귀어왔으나 결국에는 무의미하게 끝났고, 막바지에 가서는 원한 관계로 변하게 되었습니다.

어려운 사람, 가난하고 불쌍한 자들에게 하느님의 기쁜 소식을 전해주며 살고 싶습니다.

남은 생은 부끄러움이 없는 떳떳하고 알뜰한 삶이 될 수 있도록 노력해 보겠습니다.

그럼, 앞으로도 건강한 모습으로 살아가실 것을 기원합니다.

전, 이제 그만.

- 욥기의 주인공 (욥) 장우연

26.
어머니가 돌아가시고
아버지가 교통사고로 돌아가시자

나는 가끔 일환이한테 찾아가 그의 술친구가 되어주곤 했다. 어쩌면 그렇게 같은 사람끼리 만났을까.

어머니는 관절염 증세가 있어 고생을 해왔다. 그러다 어느 날부터 병석에 누워있다 세상을 떠났다. 관절염 때문인 줄 알았었는데, 병원에서는 백혈병이라고….

나는 집에 가 돌아가신 어머니를 생각하면서 열심히 묵주기도를 드렸다. 아버지는 밥 해 먹기가 힘들어 죽을 지경이라고 하면서 먼저 떠난 어머니를 생각하곤 했다.

막내가 장가를 들어야 하는데 마땅한 색싯감이 없다고 걱정이 늘어졌다. 걱정은 하면서도 신경성증세가 좀 있는

동생을 -

  아무리 나이가 많아도 아버지는 혈기가 왕성하고 젊은이보다 당당하기만 했다.

  모란장이 설 때마다 사이드카에 인삼을 싣고 다니면서 팔아 생계를 이어가는 모습은 나이에 비해 익숙하기만 했다.

  가게를 내팽개치고 나는 집에 들어와 공부를 하려고 한다.

  무언가 세상이 거꾸로 돌아가는 느낌이다. 집안이 왜 이런 걸까?

  아버지는 반대하고 기어이 아들을 바깥 가게로 내몬다. 죽치고 앉아서 공부를 해도 시험에 합격한다는 보장이 없는데, 바깥에 나가면 망한다는 아들의 말을 꾸역꾸역 삼키고만 있다. 하루는 아들을 때렸다.

  '아버지는 기껏 알아야 행정직 공무원 시험밖에 모르시니. 공부는 반드시 직장을 위해서만 존재하는 걸로 알고 있으니.'

  그런 생각을 하면서 끓어오르는 감정을 억누르고 있었다.

  "난 혼자란 말이래요." 하자, 이번에는 손으로 눈언저리를 갈겼다. 나는 밥상을 문짝에 집어던지면서 아버지에게 대항했다.

아버지는 저녁식사를 하면서 아들이 워낙 기세있게 나오
자 아무 말 없이 가만히 있었다.

'집은 누가 벌어 사 놓았는데 내쫓는단 말인가.'

예전엔 시골서 자식을 붙잡아두고 무슨 이용을 하시려
고 부리고 잡수시려고 하시더니, 이제는 또 반대가 되어 내
쫓으려 하신다. 이렇게 비정한 사람이 또 있을까.

'집은 동생의 이름으로 만들어놓고. 무슨 속셈에서…'

나는 미처 거기까지는 생각지 못하고 문짝을 망치로 두
드려 부쉈다.

"그러면 못써. 누가 아버지한테 그런 몹쓸 짓을!"

평생 화를 낼 줄 모르던 승연이가 눈을 부릅뜨고 언성을
높이며 말했다..

'다시는 집에 오지 않을 테니…'

나는 무서운 각오를 하고 다시 기거하던 서울로 갔다.

어느 날 전화벨이 요란하게 울렸다.

"놀라지 마!"

형의 목소리였다.

"아버지가 교통사고로 돌아가셨어!"

나는 뜻밖의 소리를 듣고 무의식적으로 울음을 터뜨렸다.

나는 보지 않고도 사고의 원인을 금세 알 수 있었다. 속도가 느린 사이드카를 타고 차도를 마음 놓고 다니다가 뒤따라오던 차에 받쳐 떨어졌을 거라고 생각했는데, 나중에 알고 보니 정말 그랬다.

병원 영안실에 갔다. 알고 보니 가해자는 목사였다.

목사는 애도의 뜻을 표했다고 누군가 말하고 있었다. 형은 목사를 향해 비난을 퍼부어 댔다. 사람은 이미 운명했는데 더 할 소리가 뭐가 있겠는가.

목사는 자기에게 큰 과실이 없다고 생각하는지 딱히 사람의 죽음에 애도하는 눈치는 아니었다. 사람이 죽었는데도 주일날 예배를 보는 떳떳함을 보이고 있으니.

'언제부터 그렇게 예배를 거룩하고 숭고하게 여겨왔단 말인가. 목사의 태도도 그렇게 온당치만은 못해. 뻔뻔한 자식! 그러니 사람의 속에 점점 불을 지르는 거지.'

내가 그런 눈치를 보이자, 형님은 태연하게 있는 목사를, 어이가 없다는 듯이 굳은 표정으로 바라보았고 동생은 목사의 귀싸대기를 훔쳐 갈겨대고 있었다.

왠 나이 좀 든 여자가 나타나 대항하자 나는 "너 되먹지 못한 년아! 언제부터 천당 가려고 그렇게 몸부림쳤나. 화냥질 실컷 해먹다가 예배당에 나와 기도하고 천당에 가려고 그러는구나." 하자 젊은 한 녀석이 나타나 나를 엎어놓고 숨도 제대로 못 쉬게 목을 눌렀다. 나이 좀 든 한 남자가 나타나 사람을 밀치며 "네 녀석 나이 얼마나 먹었니?" 하고 나섰다.

예배 시간 도중 예배는 풍비박산이 났다. 신자들은 모두 뿔뿔이 흩어져 그들의 모습을 지켜보고 있었다.

나이 좀 든 여인한테 욕질을 해 거룩한 것처럼 느껴지는 예배당의 분위기를 탁하고 음탕하게 함으로써 소수의 신자가 떨어져 나가게 하는 것으로 만족하는 수밖에 없었다고 훗날 승인 씨의 아들이 한마디 했다.

"그런데 목사란 인간, 왜 합의도 해주지 않는 거지?"

동생이 그렇게 말하자, "그러니 나쁜 놈이란 말이지." 하고 형님도 한마디 했다.

형님과 동생은 끝까지 불만을 늘어놓고 있었다. 허나 다 아무런 의미가 없는 부질없는 것이었다.

나는 먼저 내가 기거하는 서울로 갔다. 어처구니없는 일을 하고 있는 형과 동생이란 사람이 측은하게 느껴질 뿐이다.

나는 은행원을 찾아갔다. 평상시 은행원이 천주교에 다닌다는 말을 해 여러 차례 대화를 나눈 적이 있었기 때문이다. 반겨줄 사람도 별로 없을 것 같고, 한을 풀어 봐도 알아줄 사람이 별로 없을 것 같았다.

"아버지가 돌아가시고 친구 못 만나 가게마저 날려버리고 이제 불쌍한 신세가 됐어요. 아니, 아직까지 가게가 남아있기는 하지만…. 무슨 바람이 불어… 아버지가 교통사고로 돌아가시자 난 실수를 저지르고 말았어요. 그럴만한 이유가 있었지요. 한평생을 아버지한테 꼭 묶여 살다 돌아가시자 이제 해방됐구나 하는 마음에서 가게를 주야로 비워두고 차를 샀지요. 차도 제 돈으로 산 게 아니고 교통사고를 낸 목사의 차가 보험 든 것으로요.

지금은 지하 방에 전세 한 칸 얻어 가까스로 살아가고 있습니다. 친구 못 만나 나라시를 하면 금방 부자가 될 듯이 돌아치길래 나라시도 해보고 공장에 나가 일도 해 봤어요.

어쨌든 지금은 해방되었습니다. 앞으로는 국가에서 나오는 적은 생계비로 살 수 있을 것 같아요. 아버지가 하도 별난 사람이고 해서 책을 실컷 보지 못한 게 일평생 한이랍니다. 그런 문제가 해결되면 제 신경병은 그렇게 대단한 병은 아니거든요? 마지막 희망은 책을 좀 많이 읽고, 그래서 한을 푸는 게 소원이랍니다."

은행원은 "아무튼 무슨 일이든지 열심히 해봐요." 하면서 나의 마음을 위로해 주려고 애쓰고 있었다. 그러더니 "얼마 사이에 얼굴이 많이 수척해졌어요." 하고는 더 말을 잇지 못하고 있었다.

"술이나 한잔 할래요?"

은행원은 이래저래 속상한데 술이나 한잔 하자고 했지만. 나는 사양하고 얼른 자리에서 일어났다.

일요일이면 다른 때보다 더 열심히 성당에 나갔다.

다른 신부님과 달리 세례자 요한 신부님이 강론할 때는 신부님의 말씀 한마디 한마디가 나의 골수에 깊이 들어와 박혔다. 다른 계종한 신자들도 예외는 아니지만, 나는 미사 시간에 신부님이 하신 말씀을 되새기고 있었다.

신부님은 평상시 그렇게 많은 신자와 고해성사라든가 다른 무슨 모임이 있을 때 일일이 몇 마디씩 건네 보면. 신자들의 심중까지 꿰뚫어 보는 힘이 있다고 얘기한 적이 있었거든. 또 신부님은 이런 강론을 한 적이 있었어. "천주교는 개신교와는 다릅니다."라고 하신 말씀을. 머릿속을 '찡' 하고 스치며 지나는 것이 있었는데, 그건 애란과의 사이에 있었던 일이야.

'현명하고 똑똑한 애란이. 애란이 신명나게 사람들 있는 데서 공격을 퍼부어대던 때를 말이야! 그렇다면 애란이란 년이 분명히 사람을 부모님으로부터 멀어지게 하고, 내 집안을 문란케 했던 것도 부인할 수만은 없단 말이야. 아버지도 현명한 사람은 못 되거든. 그렇다고 자식을 구박만 하니면 훗날 본인은 미처 깨닫지 못했다 하더라도, 화가 좀 나면 여자답지 않게 말소리가 거칠어지고. 그런 행위가 하도 건방져.'

비정한 애란의 그런 태도에 속상했던 나는 신부님의 말씀을 듣고 차츰 감정이 수그러짐을 느낄 수 있었지.

내가 천주교로 개종하여 점점 생기와 활력을 찾아가게 된 이유가 바로 그런데 있었던 것 같아. 그 신부님이 다른 성당으로 부임해 갔을 때 난 눈물을 글썽이면서 울었지.

그리고 얼마 있다 방송통신대학교에 입학했어. 공부할 시기를 놓쳤다고는 하나, 올바른 삶을 실현하기 위해, 그리고 복음을 실현하기 위해서는 그 길밖에는 없다고 벌써 오래전부터 생각해 왔던 거야. 실력이 쟁쟁한 교수들한테 열심히 배우고 공부했지. 하루하루 삶 속에서 평상시 느껴보지 못한 즐거움을 맛보기도 하면서.

열심히 성당에 나가고 공부하는 길만이 하느님을 위하고 이웃을 위한 길이라고 생각했던 거야.

27.
친구인 일환이가
세상을 떠나다

일환이의 병세가 점점 더 악화되어 병원에 실려 갔다고 마을 아주머니가 말했다. 치료는 하고 있지만 평소에 너무 많이 굶주려 있어서 살아남기는 힘들 거라고 했다.

"병원에 한 번 가 봐요, 나도 갔다 왔는데."

마을 아주머니는 평상시 그를 많이 도와준 사람이다.

'살인자!'

나는 속으로 그런 증오심을 품고 신흥여관에 가 보았다.

"이젠 죽어. 죽은 거나 마찬가지야."

여관 주인은 슬퍼하는 기색은 조금도 보이지 않고 태연하게 말하고 있었다.

그런 일이 있은 후, 일환이는 며칠도 못되어 숨을 거두었다.

평상시 일환이한테 즐겨 찾아가던 한 젊은이가 여관집에 와서 무슨 얘기를 하고 있었다. 나는 차에 젊은이를 태우고 일환이의 시신이 있는 병원으로 갔다.

심장에 물이 차 세 번이나 펌프로 물을 빼보았지만, 평상시 너무 굶주려 탈진상태가 된 채 죽어갔다고, 그의 여동생은 자기 오빠가 죽어간 경로를 자세히 얘기해 주었다.

밤참을 둘러앉아 먹으면서 나는 마침내 입을 열었다.

"여관 주인, 그 사람 좋지 않아요. 많이 잘못하는 것 같아요."

내가 그런 얘기를 꺼내놓자 일환이의 여동생 둘은 나를 붙잡고 마침내 울음을 터뜨렸다.

나는 장례식을 잘 치르라는 말을 남기고 먼저 자리에서 일어났다.

일환이의 막내 동생이 나의 뒤를 따라 나왔다. 오빠는 갔지만 열심히 잘 살라는 뜻으로 인사했다.

님은 언제 오시려나

영혼의 맑은 샘이여
그대는 무지한 내게 하느님의 지혜의 길을
열어주었도다
오, 하늘이여! 오, 땅이여! 언제쯤 언제쯤 내가
그대 샘의 영원한 거주자가 될 수 있을까

'우뚝' 솟은 산봉우리
흐르는 계곡물 소리
가난한 이
초가삼간 지어놓고
진정 어머니, 님의 초상 앞에
무릎 꿇고 두 손 모아 비나이다
오, 아름다우시고 자애로우신 마리아여

오만방자한 행동과 야망 - 그러한 세계가
여기서는…

언제 예견이라도 했다는 말인가
벌써 천지는 두 개로 갈라졌도다
어느덧 그녀와 속삭이고 있노라면
아, 그때는 정말 좋았노라 꿈같았노라
허나 누가 그녀와의 사이를 이 지경으로
밤을 타는 노랫소리에 심장은 피로 멍들고
두 눈에서 흘러나오는 눈물 뺨을 적시도다
이 밤 애도와 고독은 무섭게 밀려드는데
숨이 막힐 듯 장막으로 에워싸는 듯하다

어리석게도 아, 참 바보와도 같이
어느 한 여인의 뒤를 쫓아다니며
어머니 하고 애태웠던 나

내가 동경하는 나라 - 그 먼 나라로 가면

교활함도 없고

세속의 전율도 없고

대립의 투쟁도 없고

원한과 복수심도 없고

질투하거나 싸우는 일도 없고

미워하던 사람도

사랑하던 사람도

넓은 초원에서 염소떼들 한가로이 풀 뜯고

바다에 어선들 곳곳에 즐비하게 늘어서 -

저녁에 하늘 높이 비둘기 떼 날고

새로운 세계가 펼쳐지리니

언제 오신다는 기약도 없이

님은 말없이 떠나가셨기에

나는 괜스레 눈물이 흘러내렸다

한 번 가신님은 언제 다시 오시려나

그때 그날

정녕 그날을 못 잊어 동경하나니

꿈속에서라도 그녀가 다시 나타나

사랑을 말할까 두렵구나

울금향 아가씨

울금향 아가씨가 잎사귀를 두르고 다가오고 있소

나는 조금은 겁먹은 표정으로…

뒤로 물러서고 있소

울금 당신의 키는 아담하고 보기에도 좋소

조금은 서럽게도 불리는

당신은 울금향 아가씨

울금향 아가씨는 이 밤 - 창가에서 금지한 시간을

지나고 있소

나는 아비도 없이 자라난 자식이라오

나의 울음은 피 먹은 양 붉기도 하구려

다시 쓰지 않고 그리지도 않소

그래도 나는 즐겁소

* 이 시에 나오는 '울금향 아가씨'는 한국의 개신교를 대표한다고 할 수 있는
'욥과 케보이'를 쓴 이경재를 가리킨다.

28.
죽은 동생을
부르면서…

네가 세상을 떠난 지 벌써 여러 달이 지나고 있구나! 나는 지금도 죽음을 향해 가던 네 모습을 떠올리면 가슴이 무너져 내리는 것만 같구나!

죽음을 앞두고 죽을 준비를 하기 위해 그랬던 건 아닌지. 그토록 여러 차례 전화를 하고, 형님 때문에 왔다 간 것도 관심 없이 지켜보고만 있었구나! 부리나케 형님이 항암주사를 맞을 거라고 전화한 것도. 그리고 한 번인지 두 번인지는 잘 몰라도. 그 일을 전하기 위해 왔다 간 것도 미처 모르고 있었구나!

하느님, 사랑하는 동생이 좋은 나라로 갈 수 있도록 도와

주십시오.

아, 미안하다! 이미 시체는 죽어 거의 다 썩어 없어졌겠지만, 지금이라도 네게 잘못했다고 사과하고 싶구나!

형님이 네 유골을 들고 산에 갔다 오는 바람에 쇠약해진 몸은 더 피폐해져 가고, 이미 그때는 늦어 지금과 같은 사태가 찾아오리라고는 본인도 모르고 있었던 모양이다.

항암치료에는 성공했지만, 뒤이어 곧바로 폐렴이 겹쳐오는 바람에 이젠 돌이킬 수 없는 지경에까지 이르렀는가 보구나!

형님이 산에 갔다 온 이후, 나하고 이런 얘기를 하고 있었다.

네가 외항선을 타다 체질에 맞지 않아 선장한테 사실을 얘기해줬으나 실수로 배를 놓친 것이 화근이 되어… 6개월이 지나서야 배가 다시 돌아왔지.

나는, 지금도 형님과 너랑 식당에서 밥 먹던 일이-그때가 임종을 앞둔 지 조금 멀기는 했으나- 생각난다. 그리고 얼마 있다 재차 내게 찾아왔다가 내가 부르는 소리도 들은 채 만 채 하고 걸어가던 네 모습이 진짜 마지막 모습이었구나! 그때의 마지막 모습을 떠올리니 더 슬프기만 하구나!

외항선을 타고 온 이후 신경성질환에 걸려 일도 제대로 못하고, 그렇게 살다가 너는 가버렸구나!

잘 가거라, 부디 좋은 나라로 가 평안한 삶을 누리길 바란다.

"저놈의 인간 아파트 한 채 있는 거 빈둥빈둥 놀면서 다 해 올리더니, 더러워서 말도 하기 싫다." 하면서 너를 책망한 일을 생각하니 괴로워 못 견딜 것만 같구나!

이 못난 형을 용서해다오.

형님은 어쩌자고 죽지도 않고 병원에서 저러고 있는지. 자식 새끼 하나 있는 것마저 죽을 때까지 고생시키려고….

먹지도 못하고 저렇게 병원(영양제) 신세를 지고 살아갈 바엔 차라리 일찌감치 가버리는 게 더 나을지도 모를 일인데.

중환자인 형님보다 형수님과 조카가 더 불쌍하기만 하구나!

29.
인생의 황혼기에
시인 김영승의 제자
박지수의 유혹에 넘어가다

하루는 시인 김영승이 우연 씨는 여인이 그립지 않느냐
고 물었다.

나는 스님이 하신 "나잇살이나 먹고 그런 일을 하는 건
주책이다."라는 말씀을 떠올리며 "그런 것도 다 때가 있고,
나는 스님의 말씀을 평생 잊지 않고 살아갈 것이요."라고만
답해주었다. 마침 그때 김영승의 제자인 다른 시인도 있었
고, 김영승의 제자(시 연구생), 그리고 또 다른 김영승의 제
자(시 연구생) 박지수도 그 말을 듣고 있었다.

그런 일이 있고 한 1년쯤 후, 무명 가수 정서윤을 만나기

전에 박지수는 왜 나를 상대로… 무슨 이유로 나로 하여금 생각지도 않던 길로 이끌고 있었던 걸까. 그러고 나서 그녀는 왜 흔적도 없이 사라진 걸까. 이강재하고 그렇게 수썩거리더니….

정작 그 이유는 가톨릭과 스님 편에 서 있다는 것이었다.

박지수는 밤 12시가 넘어 몇 차례에 걸쳐 전화를 걸어왔다. 활동 보조로 들어와 시를 같이 연구했으면 좋겠다고 했다. 홈플러스를 돌며 먹을 것을 사주기를 원했으며, 산책을 하자고 하는 등 나를 유인하고 있었다.

내가 그녀를 성추행했다는 소문이 퍼진 것으로 미루어 볼 때, 그녀는 사전에 치밀한 계획을 세우고 내게 다가왔음을 알 수 있다.

남편이 사망한 이후 시가 잘 써지지 않는다고 하면서 어찌할 바를 모르더니. 홧김에, 아니면 심심해서 그런 일을 할 수도 있었을 것이다.

어쨌든 그녀가 선택한 그런 일이 진정성이 있든 없든, 끝까지 시를 떠나지 말았어야 할 게 아닌가. 끝까지 그 자리를 지켰어야 할 게 아닌가.

누가 시켜서 그런 일을 한 걸까. 어쩌면 그녀는 '나는 천국에 갈 준비와 자격을 이미 갖추었다.'라고 자부하고 있었는지도 모른다.

정서윤과의 사건, 면책이 떨어지기 얼마 전 나는 노래방에서 일하던 박가영을 만났다. 정서윤과는 이루지 못한 인연을 이루어보려고 했다. 나의 생애에서 가장 좋은 배우자를 만났는지도 모른다.

그녀와 16세의 나이 차이가 있음에도 인연을 맺어보려했던 게 사실이다. 그녀는 고등학교에 다니는 두 남자아이의 어머니요, 아름다운 미모를 지닌 여인이었다.

남편이 술을 먹으면 -

해서 이혼을 하지 않을 수 없었다고 말했다.

이혼한 지 10여 년이 지날 동안 두 아이를 길러 오면서 고생했던 일, 노래방에서 1년 가까이 보내면서 뭇 사내들에게 시달렸던 일(몇만 원을 주면서 나쁜 습성을 지닌 손길이 몸을 만지고), 그런 말을 해주고 있었다.

나는 속으로 나 자신의 시집을 생각하고 있었다. 좀 시간이 흐르고 "다 좋지만 시집을 낸다 해도 책이 팔리지 않는다는 게 기성 시인들의 말이거든. 책이 좀 팔려야 할 텐데."

하고 나는 그녀의 얼굴을 힐끔 쳐다보면서 말했다.

다른 말을 하다가 이런 말이 나오기도 했다.

"아니 여태껏 뭘 했다요? 그 나이에 무슨 시집을 간다
요?"

"몰라…"

그녀와 나는 시간 가는 줄도 모르고 무슨 얘기를 열심히
지껄이고 있었다.

언제 만나 섹스 한 번 하자는 말을 남기고 우리 두 사람
은 헤어졌다. 노래방 주인은 우리 두 사람을 잘 연결해주려
고 애쓰는 눈초리다.

그런 일이 있고 몇 주가 지난 어느 날 옆 칸에서 일을 하
다가 내가 와 기다리고 있다는 얘기를 듣고….

잠시 후, 문을 열고는 울음 섞인 목소리로 "오빠!" 하고 불
렀다. 그러고 나서 얼마의 시간이 지나고 다시 문을 열고 들
어와 정신을 가다듬었다. 곧이어 언제 그런 일이 있었냐는
듯 "좋은 직업은 아닌데…" 하고 시침을 떼면서 안 그런 척
했다.

하지만 내가 무슨 수로 아이들 대학까지 보내고 세 식구
를 먹여 살릴 수 있을까. 우리 두 사람은 첫날 만나 다하지

못한 얘기를 늘어놓기 시작했다.

"아이들이 착해요."

그녀가 즐겨 사용하는 말이다(착해요, 술 안 먹으면 좋아).

"가수인지 뭔지 하는 여자 참 기분 나쁘더라고. 교만함…."

"교회를 다닌다고 다 좋은 건 아니래요."

다른 말을 하다가 어느새 시간이 다 되어 그녀가 일어나면서 말했다.

"가만히 있어도 150인데, 집까지 이거 타고 10분 걸린다고?"

그 시각 이후부터 나는 건강이 나빠지고 있었는지도 모른다. 그런 일이 있고 좀 세월이 많이 흘러갔을 즈음, 건강이 갑자기 나빠졌을 가능성이 있다.

훗날.

"우연 씨가 시를 쓰는 사람이라서 같이 있는 이 시간이 행복해요. 멋있는 문인. 부디 건강하시고…."

"나오다가 생각하니 깜빡 잊고 시 2편을 가지고 나오지 않았어요. 아마 시집 제목이 '님은 언제 오시려나.'"

"가지고 오지. 제목이 좋다."

한숨만 쉬고 있는 그녀에게 나는 할 말을 잊고 있었다.

살아가는 방법에 대해 여러 방책을 내어놓았으나(메시지를 보내다) 끝내 그녀는 내 청을 들어주지 않았다. 나는 계속 무리한 요구를 하고 있었다.

꿈을 꾼다. 예전부터 지금까지 줄곧 다니던 신경정신과 병원을 갔다.

의사는 정성을 들여 병을 낫게 해주려고 애썼다. 그래봤자 약을 조정해 주는 것 이외에는 무슨 특별한 방법이 없었다. 병세는 이미 기울어진 듯했다. 조정인 시인한테, "지금은 머리가 많이 아파요! 글쎄요, 앞으로 시를 쓸 수 있을지요!"라는 메시지를 보냈다.

"머리가 많이 아프니?"

승연이는 그렇게 물으면서 '얘야, 하느님이 네가 미워서 그런 고통을 주는 건 아니야! 보다 강한 사람으로 만들어 주기 위해…'

마음속으로는 그렇게 응원을 보내고 있었다.

이대로 가다간 정신이상자가 될 가능성이 높다. 여러 달이 지났지만 같은 증세가 반복될 뿐이다. 최후엔 죽음을 맞이할 수도 있다. 이런 상황에서 의사의 소견서가 무슨 소용이 있단 말인가. 그 순간 번뜩 머릿속을 스치는 것이 있었다.

신체등급이 잘못되어 있있다. 누가 잘못했어도 잘못했음이 틀림없다.

나는 병원에 가 다시 진단을 받았다.

'시간이라도 벌었으니…'

이런 경우를 두고 기적이 일어났다고 말할 수 있지 않을까?

우선 안도의 숨을 쉬었다.

얼마 후, 병원에 가 의사에게 사실을 얘기해 주었다.

의사도 "어휴-!" 하면서 다행이라고 얘기하고 있었다.

"휴-!"

긴 한숨을 쉬다 잠에서 깨어났다.

식은땀이 흐르고 있었다.

30.
가영이에게 보내는
마지막 메시지

"본인보다 아이들이 더 갖고 싶었소. 집안의 가장 노릇도
하고 싶었고."

31.
시인 김영승과
그의 제자 박지수에게
의문점을 남기다

시인 김영승과 그의 제자 박지수의 생각이 어떻게 그렇게 일치하는지.

나는 그 점이 묻지 않을 수 없다. 불구라는 이유로, 다리가 그렇다는 이유로 두 사람이 왜 나를 엉뚱한 길로 몰고 가려 했는지 모른다.

김영승은 시인답지 않게, 그것도 유명한 시인이란 사람이 수업 시간에 시 해석과 관련해서 이상한 소리를 하고 있으니…. 인간이란 다 그런 것인지.

내 손바닥 두 배만 한 사람이 있는데, 그 사람은 무슨 글

을 어떻게 썼기에 여자를 6명이나 거느릴 수 있었다는 건
지. 박지수가 한두 번도 아니고 벌써 열 번도 넘게 사람을
따라다니면서 같은 말을 계속하고 있으니.

그런데 그게 나와 무슨 상관이 있다는 말인가!

32.
나시 성서뉸과의 사건으로 돌아와
(검사에게 또 한 차례 실수를 하다)

잘못하면 죽음에 처할 수도 있다는 걸 모르고 검사에게 "천만 원이 넘는 돈을 백만 원에 합의를 했으면 하는데 검사님의 의견은 어떠하신지요."라고 묻고 있으니, 세상에 이런 일이….

검사가 보충자료가 있으면 더 보내라고 했는데, 충분한 물적 보충자료가 있었다.

무슨 생각을 하느라고 이를 소홀히 했는지 모른다.

그건 토지 매매에 관한 이야기로….

33.
서윤 씨에게 보내는
마지막 메시지

구청장을 찾아가 면책 사유를 얘기했소. "매달 백만 원을 지원해 주겠다!"라고 해 마음을 놓을 수 있었소.

구두 박스…. 거짓

"당신이 바로 사기 범죄자!"

중대한 약속

"귀찮으니 그렇지. 맘만 먹으면 젊었을 적엔 나도-"

나는 한밤중 긴 긴 이야기를 해나갔다. 그때 약속했던 얘기를 마지막 메시지에 담아 보냈다.

"두 남자아이(수능을 준비하는 고3과 고1)의 어머니인 가영 씨! 아이들이 착하고 공부도 잘해. 방통대 졸업하고 다 된 늙으니 하나 구해 잘 먹고 잘 살길 바라오. 인간미보다 돈과 명예(가수)를 우선시했던 당신. 그래도 끝까지 사기 혐의를 부인할 거요? 당신이야말로 나의 책에 반기독교적인 인물로 영원히 남을 것이오!"

검은 그림자 하나

소슬바람이 분다

빛이 깨지는 소리가 허공에…

악몽에서 깬 나는, 빛 속을 나는 나비와 같이
가을 축제의 분위기에 휩싸여 있다
시장 어귀에서는 게, 어묵 등 갖가지 신통한 먹거리들이 팔린다

새파란 꿈을 키우기 위해 나는 소래포구 어시장 가장자리에 앉아
메모지를 꺼내 자꾸 끄적거려 본다

나무의 잎사귀들이 파릇파릇하다

푸르른 초록들이 유리창에 번지고…

* 여기서 검은 그림자는 무명 가수 정서윤을 가리키는 말이다.

장우연 소설

작가와
작품 해설

대학원에 다닐 때였다. 휠체어에 몸을 싣고 학교를 오가
는 학생이 있었다. 얼핏 바라본 그 학생은 주변인이고 이방
인 같았다. 그러나 일주일에 한 번 있는 자체 토론 수업에
서 자기의 생각을 토로하는 것인데, 그때마다 그는 확실한
존재감을 드러냈다. 똑똑한 그에게서 뿜어져 나오는 눈빛
을 기억하자면 지금도 생생하다. 서른 해가 지난 지금, 그
를 이렇게 다시 떠올리게 되는 건 장우연 작가의 첫 소설
'촛불' 때문이라 하겠다.

장우연 작가는 늦은 나이에 대학에서 국어국문학을 전
공하였다. 시인으로 등단을 하고 니체에 큰 관심을 가진

후, 불구자를 주인공으로 한 소설을 내어놓는다. 니체의 서석은 워낙 방대하므로 그것에 대해 피력한다는 건 무의미한 일인지 모른다. '신은 죽었다'로 유명한 철학자 프리드리히 니체(1844~1900)는 삶에 있어서 지금의 순간을 사랑하자는 의지를 나타낸 자유분방한 영혼의 철학자이다. 그의 처녀작 '비극의 탄생'을 보자면, 전쟁이라는 공포 속에서 쓴 그리스 예술을 비극으로 보았다. 비극은 삶이 안겨준 잔혹함, 이로부터 오는 고통을 다루며 위로가 되는 예술이 되고, 니체는 삶의 괴로움을 즐기기 위해서 그리스 비극이 필요했으며 학문과 예술의 관점에서 그리스 비극은 고통을 예술화했다고 본다.

'촛불'을 쓴 장우연 작가는 철학가도 사상가도 아니다. 다만 시인으로서 이 소설을 쓰게 된 배경과 동기는 불구인 자신의 육체와 관련한 모든 순간의 삶의 전반적인 선택에 관해서이다. 살면서 겪게 되는 인생의 여러 가지 갈림길, 주인공은 불구자였으며 사랑과 성, 유년의 기억과 욕망, 종교와 타락과 자유를 요소로 두고 소설을 전개해 나갔다. 그 낱낱의 요소는 우리에게 시사하는 바가 크다. 성장의 배경과 여러 이성과 만남의 경험에서 얻은 것들이 문학적 가치를 지니기 위해 그 만의 무게를 가지려고 노력을 했다. 그 오랜 기억과 감정을 일기체 형식을 빌려 최적의 구조로써 마침내 '촛불' 소설을 완성해냈다.

- 진정으로 꿈꾸는 세상,
이 세상에서는 환원 불가의 욕망과 꿈이었나 -

이성에 대한 호기심의 첫 발현은 애란에게로 민감한 촉수를 들이댔다. 물론 어느 방향에서든, 누가 먼저랄 것 없이 사랑이란 감정은 생겨나기 마련이다. 그중에서도 '첫사랑'은 무척 설 을 것이다. 사랑하는 감정을 갖게 되면 세상을 살아가는 힘이 생긴다. 그러나 사랑에는 적당한 때가 있어 너무 이르게 되면 관계의 서투름으로 헤어지기 쉽고, 운명적이어야 마지막 사랑이 된다. 불구인 주인공이었기에 결코 사랑이 쉽지 않았다.

황량하고 외로운 성장 배경 속에서 태어난 작가들의 삶

은 오래 고독할 수밖에 없었다. 그러므로 그들의 문학은 비밀스러운 시간과 공간을 배경으로 자신의 내면을 소설에 투사하기도 한다. 실험적 내면 탐구로 쓰여진 글은 독자들에게 영향을 미치기도 하는데 장우연 작가가 겪은 사회적 관계 속에서의 불만과 불합리한 대우, 그것은 상처였고, 반항은 그가 설 수 있는 마지막 자존심이었다. 그럼에도 불구하고 현세적 삶은 가끔 그를 꿈을 꾸게 만든다.

주인공은 노상에서 도장 파는 일을 해왔다. 시계업의 꿈을 가졌다. 이성에로의 관심은 지대했으며, 그 관심은 알고 보면 이성과의 사랑과 성에 있어 무너지지 않으려 하는 일종의 투쟁 같은 것으로 나타난다. 젊은 시절 한 여인과의 만남은 불타는 몸의 언어를 표출함이 결혼을 위한 일종의 몸부림 같은 것이었으나 그저 망상으로 사라지게 되고 그에 따른 콤플렉스를 지니고도 다시 새로운 여성에게 일어서려는 의지가 재발견되는 것은 아마도 지난날에 대한 실연을 치유하기 위함일 것이다. 마음은 쉽게 상처를 받기도 해서 감정과 이성의 무너짐을 그와는 반대로 투쟁적인 삶으로 변화시키기도 한다.

중매로 만난 아내는 성대한 결혼식을 치른 것에 비해 술, 담배, 속병까지 있는 여자로 한 달 만에 가버렸으며, 시계 인장업도 신통한 결과를 보지 못하고 끝이 났다. 술집 여자와의 교제는 그야말로 원한 관계로 이어졌으며, 아버지는 교통사고로 죽음을 맞이했다. 그러나 그 가해자가 목사라 하니… 일생이 그러하듯 세상 속 부정과 부패를 향해 평생을 싸운 것에 대해 경외심을 가졌던 작가는 '촛불'이라는 제목으로 척박한 현실에 대한 고발과 더불어 약자들의 치열한 삶을 드러내고자 했다.

'각자의 기억은 그의 사적인 문학'이라고 올더스 헉슬리가 말했듯 우리는 각자의 기억을 가지며, 그 기억을 믿고 진리를 형성해 간다. 장우연 작가는 일기를 쓰며 기억을 끌어내고 기억 속 역동적 이미지를 상상과 현실로 결합하기도, 분리하기도 하며, 적절하게 끌어당기고 혹은 밀어내면서 글을 구성했다. 사유하는 '나'의 심리적인 열정 상태가 진정 꿈꾸고자 했던 것이 무엇인지를 명백하게 나타내고 싶은 의지를 품고 있었다고 보겠다.

우리가 왜 고전을 읽는가. 고전은 누구나 쉽게 접할 수 있나. 그것은 오래 사람들에게 널리 읽히고 모범이 될 문학이나 예술 작품이다. 상상력을 얻을 수 있는 원천이자 사랑을 이해하고 세상을 이해하기 위한 기초가 된다. 우리는 살아감에 있어 많은 문제에 봉착하고 해결을 위한 방법을 찾는데 그런 면에서 고전은 현재에서 그 이전의 사람들의 뿌리를 찾는 일이었다고 볼 수 있다. 에드워드 카(Carr)는 "역사는 과거와의 끊임없는 대화"라고 했다. 우리의 삶 속에서 고전을 읽고 어떤 사회적 문제들을 해결해나가고 있는지를 보면서 지혜를 얻을 수 있는 좋은 철학이 담겨 있다는 것이다. 어떻게 보면 '촛불'은 독일인들의 사랑을 많이 받는 '젊은 베르테르의 슬픔'과는 유사한 점이 있다고 보겠다. 다만 장우연의 열정으로 써 내려간 '촛불'로 읽어 내려가길 바란다.

촛불로써 드러내는 불꽃은 타오르는 상승의 이미지다. 자신과 관계를 맺은 인간관계 속에서 작용한 감정과 분노, 성과 사랑의 욕망 등 각 요소의 조합은 촛불처럼 타올랐다. 시간을 지나오면서 지나간 기억을 부르고, 순차적인 기록을 통해서 그것들을 잘 조합하려고 노력했다. 적절하게 시를 삽입하며 소설의 완성도를 높였다.

    문학은 치유의 힘을 갖는다. 자신을 글쓰기에 내맡기면서 작가는 치유를 바랐을지도 모른다. 사람이든 사물이든 그 어떤 관계가 성립하는 한 내면은 점점 더 자란다. 새로운 관계를 시발점으로 그를 둘러싼 주변의 것들도 엄청난 친밀을 갖게 된다. 사랑이 사람을 기다리고, 낮은 밤을 기다리고, 밤은 사랑을 갈망하고, 헤어짐은 기다림으로 이어진다. 기다림은 욕망을 일어나게 하고, 욕망이 안정된 궤도에 진입했다면 서로를 편안하고 기쁘게 영접한다. 그러나 기대할 수 있는 것은 상상의 것만이 아닌 상대를 비뚜름하게 겨누게 되는 시선도 있다. 지배하려 들고 바르게 보는 시선을 잃고 왜곡해서 보는 시선도 있다. 타자로 향한 시선이 삐뚤어진 감정을 보낼 때 이와는 반대로 타자가 나로 향한 시선이 비뚤어진 감정을 보낼 때 주체는 비극적인 사태를 맞이하고야 마는 것이다.
    그로써 상처는 생겨나고 치유를 위한 시간이 필요하다.

사랑과 성, 사랑과 증오, 규범과 자유, 교회와 술집, 종교와 설혼, 현실과 상상의 두 대립에서 갖게 되는 주인공의 삶은 상처를 받기도 하지만, 주인공은 의지 표명에 매우 강한 소유자임은 분명하다. 삶은 유한하다. 그러기에 성찰은 필요하다. 유한성에 대처할 무언가를 발견하고 스스로 무언가를 만들어내야 한다.

　이 소설을 특징짓는 것은 신체의 부자유와 세상의 불합리, 부도덕이다. 어린 시절의 환경과 젊은 시절에 만난 애란, 술집여자 정희, 그리고 세상에서 가장 받들고 좋아하는 승연이, 성국이, 영동이와 용수, 일환이. 꿈을 펼치기엔 제한된 몸을 가졌기에 불구를 바라보는 시선에서 해방되고 싶은 주인공, 그리고 제2의 인생을 열게 한 천주교 신앙생활, 불구인에게로 많은 관심을 주었던 신부님, 어린 시절부터 읽어왔던 '욥기', 대학교 진학 희망, 무명 가수 정서윤, 시인 김영승의 제자 박지수, 관계 속에서 나타나는 세상의 부도덕, 그것에서 벗어나 타인과 사회적으로 대등한 위치에서 살아가기를 희망하는 메시지가 이 소설에서 작가의 영향력으로 발휘되고 있다.

'고요가 고요를 받아 꿈속에 잠긴다.', '언제쯤 내가 그대 샘의 영혼한 거주자가 될 수 있을까.', '꿈속에서라도 그녀가 다시 나타나 사랑을 말할까 두렵구나.' 나만의 몸짓은 나를 잃을 것 같은, 나를 잃지 않으려는, 더는 마음의 상처를 입고 싶지 않은 몸부림이다. 척박한 현실과 구조적으로 살아가기 힘든 세상에서 불구의 몸을 끌고 투쟁적으로 살아가는 주인공은 어둠에 맞서 싸우고 이겨내야 했다. 그렇게 살아가는 힘을 키워 왔다. 삶의 강한 욕구를 '촛불'이 되어 좀더 나은 세상에서 타오르고 싶은 의지 표명이다.

숫구치는 고통과 타자의 존재를 알게 되면서 자신을 돌아보는 65세의 일기체 소설 '촛불'은 현실에 날카로운 시선을 꽂는다. 여기에 특별히 주목할 필요가 있다. 독자들이 이 소설을 읽고 소외되고 힘없는 불구인들의 꿈과 사랑과 성에 대하여 열린 마음으로 받아들이기를 바란다. 그리하여 이 소설이 독자들에게 오래 인정받고 사랑받는 책이기를 바라는 마음이다.

- 시인 안은숙